Un homme au zoo

David Garnett

Writat

Cette édition parue en 2023

ISBN : 9789359255507

Publié par
Writat
email : info@writat.com

A MAN IN THE ZOO

J OHN CROMARTIE et Josephine Lackett abandonnèrent leurs billets verts au tourniquet et pénétrèrent dans les jardins de la Société Zoologique par la porte Sud.

C'était une journée chaude de fin février et dimanche matin. Il y avait dans l'air une odeur de printemps, mêlée aux odeurs de différents animaux, yacks, loups et bœufs musqués, mais les deux visiteurs ne s'en aperçurent pas. Ils étaient amants et se disputaient.

Ils arrivèrent bientôt près des loups et des renards, et s'arrêtèrent devant une cage contenant un animal très semblable à un chien.

« D'autres personnes, d'autres personnes ! Vous tenez toujours compte des sentiments des autres », a déclaré M. Cromartie. Son compagnon ne lui répondit pas, alors il poursuivit :

« Vous dites que quelqu'un ressent ceci, ou que quelqu'un d'autre peut ressentir l'autre. Vous ne me parlez jamais de rien, sauf de ce que les autres ressentent ou pourraient ressentir. J'aimerais que vous puissiez oublier les autres et parler de vous-même, mais je suppose que vous devez parler des sentiments des autres parce que vous n'en avez pas.

La bête en face d'eux s'ennuyait. Il les regarda un instant et les oublia aussitôt. Il vivait dans un petit espace et avait oublié le monde extérieur où des créatures qui lui ressemblaient couraient en rond.

« Si telle est la raison, dit Cromartie, je ne vois pas pourquoi vous ne le diriez pas. Ce serait honnête si tu me disais que tu ne ressens rien pour moi. Il n'est pas honnête de dire d'abord que vous m'aimez, puis que vous êtes chrétien et que vous aimez tout le monde de la même manière.

«C'est absurde», dit la jeune fille, «vous savez que c'est absurde. Ce n'est pas le christianisme, c'est parce que j'aime beaucoup plusieurs personnes.

— Vous n'aimez pas beaucoup plusieurs personnes, dit Cromartie en l'interrompant. « Vous ne pouvez pas aimer des gens comme vos tantes. Personne ne le pouvait. Non, tu n'aimes vraiment personne. Vous imaginez que vous le faites parce que vous n'avez pas le courage de rester seul.

«Je sais qui j'aime et qui je n'aime pas», a déclaré Joséphine. "Et si tu m'obliges à choisir entre toi et tout le monde, je serais idiot de me donner à toi."

« Pauvre petit Dingo », dit Cromartie. « Ici, on enferme des créatures sous les prétextes les plus insignifiants. Ce n'est que le chien familier.

Le Dingo gémit et remua la queue. Il savait qu'on parlait de lui.

Joséphine se tourna de son amant vers le Dingo et son visage s'adoucit en le regardant.

"Je suppose qu'ils doivent avoir tout ici, toutes les espèces de bêtes qui existent, même s'il s'avère que ce n'est rien d'autre qu'un chien ordinaire."

Ils quittèrent le Dingo, se dirigèrent vers la cage suivante et se tinrent côte à côte pour regarder la créature qui s'y trouvait.

« Le chien svelte », dit Joséphine en lisant l'étiquette. Elle a ri et le chien mince s'est levé et s'est éloigné.

"C'est donc un loup", dit Cromartie alors qu'ils s'arrêtaient six pieds plus loin. « Encore un chien en cage... Donne-toi à moi, Joséphine, ça me fait l'effet d'une folle. Mais ça montre quand même que tu n'es pas amoureux de moi. Si vous êtes amoureux , c'est tout ou rien. On ne peut pas être amoureux de plusieurs personnes à la fois. Je le sais parce que je suis amoureux de toi, et les autres sont tous mes ennemis, nécessairement mes ennemis.

"Quelle absurdité!" dit Joséphine.

« Si je suis amoureux de toi, poursuivit Cromartie, et que toi de moi, cela signifie que tu es la seule personne qui ne soit pas mon ennemi, et je suis la seule personne qui ne soit pas la tienne. C'est un imbécile de se donner à moi ! Oui, vous êtes idiot si vous croyez être amoureux alors que vous ne l'êtes pas, et je serais idiot de le croire. Vous ne vous donnez pas à la personne dont vous êtes amoureux, vous êtes vous-même au lieu d'être habillé d'une armure .

"Est-ce que cet endroit ne contient rien d'autre que des chiens apprivoisés ?" demanda Joséphine.

Ils se dirigèrent ensemble vers la maison du lion et Joséphine prit le bras de John dans le sien. « Plaque blindée . Cela ne me semble pas logique. Je ne peux pas supporter de blesser les gens que j'aime, donc je ne vais pas vivre avec toi, ni faire quoi que ce soit qui les dérangerait s'ils le découvraient.

John ne dit rien à cela, se contentant de hausser les épaules, de plisser les yeux et de se frotter le nez. Dans la maison du lion, ils marchèrent lentement de cage en cage jusqu'à ce qu'ils arrivèrent à un tigre qui marchait de haut en bas, de haut en bas, de haut en bas, tournant sa grande tête peinte avec une intolérable familiarité, et dont ses moustaches effleuraient le mur de briques.

"Ils paient pour leur beauté, pauvres bêtes", dit John après une pause. « Et vous savez, cela prouve ce que je dis. L'humanité veut attraper tout ce qui est beau et le faire taire, puis venir par milliers le voir mourir à petits pas. C'est pourquoi on cache ce qu'on est et on vit en secret derrière un masque.»

«Je te déteste, John, et toutes tes idées. J'aime mes semblables – ou la plupart d'entre eux – et je n'y peux rien si vous êtes un tigre et non un être humain. Je ne suis pas folle; Je peux faire confiance aux gens pour tous mes sentiments et je n'aurai jamais aucun sentiment que je n'aimerais pas partager avec tout le monde. Cela ne me dérange pas si je suis chrétien – c'est mieux que de souffrir d'une manie de persécution et de m'intimider parce que j'aime mon père et ma tante Eily .

Mais Miss Lackett n'avait pas l'air très intimidée en disant cela. Au contraire, ses yeux brillaient, son teint était haut et son air impérieux, et elle ne cessait de tapoter le sol en pierre du bout de sa chaussure pointue. M. Cromartie était irrité par ces coups, alors il dit exprès quelque chose à voix basse pour que Joséphine ne puisse pas l'entendre ; le seul mot audible était « intimider ».

Elle lui demanda très sauvagement ce qu'il avait dit. John a ri. "A quoi ça sert que je vous parle si vous vous mettez en colère avant même d'avoir entendu ce que j'ai à dire?" il lui a demandé.

Joséphine pâlit de maîtrise de soi ; elle regarda un lion placide avec une telle fureur qu'après un moment ou deux, la bête se leva et entra dans la tanière derrière sa cage.

«Josephine, s'il te plaît, sois raisonnable. Soit tu es amoureux de moi, soit tu ne l'es pas. Si vous êtes amoureux de moi , cela ne vous coûtera pas grand-chose de me sacrifier d'autres personnes. Puisque vous ne le faites pas, il s'ensuit que vous n'êtes pas amoureux de moi, et dans ce cas vous ne me gardez autour de vous que parce que cela plaît à votre vanité. J'aimerais que tu choisisses quelqu'un d'autre pour ce genre de chose. Je n'aime pas ça, et n'importe lequel des vieux amis de ton père ferait mieux que moi.

« Comment oses-tu me parler des vieux amis de mon père ? dit Joséphine. Ils étaient silencieux. Cromartie dit alors : « Pour la dernière fois, Joséphine, veux-tu m'épouser et être damnée pour tes parents ?

"Non! Espèce de sauvage idiot ! » dit Joséphine. « Non, espèce de bête sauvage. Tu ne comprends pas qu'on ne traite pas les gens comme ça ? C'est tout simplement perdre mon souffle à parler. Je l'ai expliqué cent fois, je ne vais pas rendre mon père malheureux. Je ne vais pas être retranché d'un shilling et devenir *dépendant* de vous alors que vous n'avez pas assez d'argent pour vivre de vous-même, pour satisfaire votre vanité. Ma *vanité* , penses-tu qu'être amoureuse de moi plaît à ma *vanité* ? Autant avoir un babouin ou un ours. Vous êtes Tarzan des singes ; tu devrais être enfermé au Zoo. La collection ici est incomplète sans vous. Vous êtes une survie – l'atavisme dans ce qu'il a de pire. Ne me demande pas pourquoi je suis tombé amoureux de toi, je l'ai fait, mais je ne peux pas épouser Tarzan des singes, je ne suis pas assez romantique. Je vois aussi que vous croyez ce que vous dites. Vous pensez que l'humanité est votre ennemie. Je peux vous assurer que si l'humanité pense à vous, elle pense que vous êtes le chaînon manquant. Il faudrait vous enfermer et vous exposer ici, au Zoo, je vous l'ai dit une fois et maintenant je vous le répète, avec le gorille d'un côté et le chimpanzé de l'autre. La science y gagnerait beaucoup.

« Eh bien, je le serai. Je suis sûr que vous avez tout à fait raison. Je vais prendre des dispositions pour être exposé », a déclaré Cromartie. "Je vous suis très reconnaissant de m'avoir dit la vérité sur moi-même." Puis il ôta son chapeau et dit « Au revoir », et, faisant un petit signe de tête rapide, il s'éloigna.

« Misérable babouin », marmonna Joséphine, et elle se précipita par les portes battantes.

Ils étaient tous les deux en colère, mais John Cromartie était dans une rage si désespérée qu'il ne savait pas qu'il était en colère, il pensait seulement qu'il était très misérable et malheureux. Joséphine, quant à elle, était ravie. Elle aurait aimé frapper Cromartie avec un fouet.

Ce soir-là, Cromartie ne pouvait rester en place. Lorsque les chaises prétendaient se trouver sur son chemin, il les renversait, mais il se rendit vite compte que le simple fait de renverser les meubles ne suffisait pas à lui redonner la tranquillité d'esprit. C'est alors que M. Cromartie prit une décision singulière, à laquelle vous pouvez jurer qu'aucun autre homme dans des circonstances pareilles ne serait jamais parvenu.

Il s'agissait tant bien que mal de se faire exposer au Zoo, comme s'il faisait partie de la ménagerie.

Il se peut qu'une étrange prédilection qu'il avait à tenir parole suffise à expliquer cela. Mais on constatera toujours que de nombreuses impulsions sont entièrement fantaisistes et ne peuvent être expliquées par la raison. Et cet homme était à la fois fier et obstiné, de sorte que, lorsqu'il avait pris une décision avec passion , il la bravait si loin qu'il ne pouvait plus s'en retirer.

A l'époque, il s'est dit qu'il ferait cela pour humilier Joséphine. Si elle l' aimait , cela la ferait souffrir, et si elle ne l'aimait pas, peu importe où il se trouvait.

« Et peut-être qu'elle a raison », se dit-il en souriant. "Peut-être que je suis le chaînon manquant et que le zoo est le meilleur endroit pour moi."

Il prit son stylo et une feuille de papier et s'assit pour écrire une lettre, tout en sachant que s'il parvenait à atteindre son objectif, il souffrirait forcément. Pendant un moment, il réfléchit à toutes les angoisses d'être en cage et résista à la dérision de la population bouche bée.

Et puis il réfléchit que c'était plus difficile pour certains animaux que pour lui-même. Les tigres étaient plus fiers que lui, ils aimaient leur liberté plus que lui, ils n'avaient ni divertissements ni ressources, et le climat ne leur convenait pas.

Dans son cas, il n'y avait pas de telles difficultés supplémentaires. Il se disait qu'il était humble de cœur et qu'il renonçait à sa liberté de son plein gré. Même si les livres ne lui étaient pas permis, il pourrait en tout cas observer les spectateurs avec autant d'intérêt que ceux avec lesquels ils le regardaient.

De cette manière, il s'encourageait, et la pensée de la terrible situation des tigres lui touchait tellement le cœur que son propre sort lui paraissait plus facile à contempler.

Après tout, pensa-t-il, il était si malheureux à ce moment-là que rien ne pouvait être pire, quoi qu'il fasse. Il avait perdu Joséphine, et il lui serait plus facile de supporter cette perte dans la discipline d'une prison. Fort de ces considérations, il secoua la plume et écrivit ceci :

CHER MONSIEUR ,

J'écris pour soumettre à votre Société une proposition que, j'espère, vous lui recommanderez pour qu'elle l'examine sérieusement. Puis-je dire d'abord que je connais bien les jardins de la Société et que je les admire beaucoup ? Le terrain est spacieux et la disposition des maisons est à la fois pratique et commode. On y trouve des spécimens de pratiquement toute la faune du globe terrestre, un seul mammifère d'importance réelle n'étant pas représenté. Mais plus j'ai réfléchi à cette omission, plus elle m'a paru extraordinaire. Exclure l'homme d'un ensemble de la faune terrestre, c'est jouer à Hamlet sans le prince du Danemark. Cela peut sembler sans importance à première vue, puisque la collection est constituée pour que l'homme puisse la regarder et l'étudier. J'admets qu'on voit assez souvent des êtres humains se promener dans les jardins, mais je crois qu'il y a des raisons convaincantes pour que la Société devrait exposer un spécimen de la race humaine.

D'une part, cela compléterait la collection et, d'autre part, cela imprimerait dans l'esprit du visiteur une comparaison qu'il n'est pas toujours prompt à faire pour lui-même. S'il était placé dans une cage entre l'orang-outang et le chimpanzé, un membre ordinaire de la race humaine attirerait l'attention de tous ceux qui entraient dans la maison des grands singes. Dans une telle position, il susciterait mille comparaisons intéressantes de la part des visiteurs pour l'éducation desquels les jardins existent dans une large mesure. Chaque enfant grandirait imprégné de la vision darwinienne et prendrait conscience non seulement de sa propre place exacte dans le règne animal, mais aussi de ce à quoi il ressemblait et en quoi il différait des singes. Je suggérerais qu'un tel spécimen soit montré autant que possible dans son environnement naturel tel qu'il existe à l'heure actuelle, c'est-à-dire en costume ordinaire et employé à une activité ordinaire. Ainsi sa cage devra être meublée de chaises et d'une table et de bibliothèques. Une petite chambre et une salle de bains à l'arrière lui permettraient de se retirer en cas de besoin des regards du public. La dépense pour la Société n'a pas besoin d'être grande.

Pour témoigner de ma bonne foi, je vous prie de m'offrir à l'exposition, sous certaines réserves qui ne seront pas jugées déraisonnables.

Les renseignements suivants sur ma personne peuvent être utiles : -

- Race : écossaise.

- Hauteur : 5 pieds 11 pouces.

- Poids : 11 pierres.

- Cheveux : Foncés.

- Yeux : Bleus.

- Nez : Aquilin.

- Âge : 27 ans.

Je serai heureux de fournir toute information complémentaire dont la Société pourrait avoir besoin.

Je suis, Monsieur,
votre obéissant serviteur,
JOHN CROMARTIE .

Lorsqu'il fut sorti et posta cette lettre, M. Cromartie se sentit en paix et il se prépara à la réponse avec beaucoup moins d'anxiété que la plupart des jeunes hommes ne l'auraient ressenti dans une telle situation.

Il serait fastidieux de décrire longuement comment cette lettre fut reçue par un député en l'absence du secrétaire, et comment elle fut par lui communiquée à la commission de travail le mercredi suivant. Il peut toutefois être intéressant de noter que l'offre de M. Cromartie aurait très probablement été rejetée sans l'intervention de M. Wollop . C'était un gentleman d'un âge avancé qui n'était pas populaire auprès de ses confrères. La lettre de M. Cromartie, pour une raison quelconque, le jeta dans un paroxysme de rage.

Il s'agit d'une insulte délibérée, a-t-il déclaré. Ce n'était pas une question de rire. C'était une question qui devait et devait et devait sans aucun doute être éliminée par des procédures judiciaires. Cela exposerait la Société au ridicule s'ils acceptaient de ne rien faire. Ceci et bien d'autres choses encore dans le même esprit ont donné au reste du comité le temps de réfléchir à la question.

Un ou deux d'entre eux prirent d'abord le point de vue opposé à celui de M. Wollop , par simple habitude ; le Président fait remarquer que la présence d'un correspondant aussi intéressant que M. Cromartie ne peut manquer d'être un grand attrait et augmenterait le montant des entrées ; ce n'est cependant que lorsque M. Wollop a menacé de démissionner que la chose a été faite.

M. Wollop se retira et une lettre fut rédigée pour Cromartie l'informant que le comité était enclin à accepter sa proposition et demandant un entretien personnel.

Cet entretien a eu lieu le samedi suivant, date à laquelle le comité était devenu convaincu qu'un spécimen d' *Homo sapiens* devait certainement être acquis, même s'il n'était pas convaincu que M. Cromartie était la bonne personne, et M. Wollop s'était retiré à Wollop . En bas, son siège rustique.

L'entretien personnel a été entièrement satisfaisant pour les deux parties et les réserves de M. Cromartie ont été acceptées sans hésitation. Celles-ci concernaient la nourriture et les boissons, les vêtements, les soins médicaux et un ou deux produits de luxe qu'il devait recevoir. Ainsi, il devait être autorisé à commander ses propres repas, à voir son propre tailleur, à recevoir la visite de son propre médecin, de son dentiste et de ses conseillers juridiques. Il devait être autorisé à gérer ses propres revenus, qui s'élevaient à environ 300 £ par an, et il n'y avait pas non plus d'objection à ce qu'il ait une bibliothèque dans sa cage et du matériel d'écriture.

La Société Zoologique, de son côté, stipulait qu'il ne devait pas contribuer à la presse quotidienne ou hebdomadaire ; qu'il ne devait pas divertir les visiteurs pendant que les jardins étaient ouverts au public ; et qu'il devrait être soumis à la discipline habituelle, comme s'il était l'une des créatures ordinaires.

Quelques jours servirent à préparer la cage pour sa réception. C'était dans la maison des singes, derrière laquelle était aménagée une pièce plus grande pour sa chambre, avec une salle de bain et des toilettes fixées derrière une cloison en bois. Il fut admis le dimanche après-midi suivant et présenté à son gardien Collins, qui s'occupait également de l'orang-outang, du gibbon et du chimpanzé.

Collins lui serra la main et dit qu'il ferait tout ce qu'il pouvait pour le mettre à l'aise, mais il était évident qu'il était gêné et, curieusement, cet embarras ne diminua pas avec le temps. Ses relations avec Cromartie restèrent toujours formelles et se caractérisèrent par la politesse la plus absolue, que, bien entendu, Cromartie lui rendit scrupuleusement.

La cage avait été soigneusement nettoyée et désinfectée, un tapis uni avait été posé et elle était meublée d'une table où Cromartie prenait ses repas, d'une chaise droite, d'un fauteuil et, au fond de la cage, d'une bibliothèque. Rien que le grillage sur le devant et sur les côtés qui le séparait du chimpanzé d'un côté et de l'orang-outang de l'autre, le distinguait du bureau d'un gentleman. Une plus grande magnificence caractérisait le mobilier de sa chambre, où il constatait qu'il disposait de tout le confort possible. Un lit français, une armoire, une psyché, une coiffeuse avec des miroirs en bois doré et satiné, réunis pour qu'il se sente chez lui.

John Cromartie a employé le dimanche soir à déballer ses affaires, y compris ses livres, car il souhaitait apparaître comme une institution établie au moment où les visiteurs arrivaient le lundi. A cet effet , on lui a donné une lampe à huile, car le câblage électrique de la cage n'était pas terminé.

Après avoir été occupé pendant un court moment, il regarda autour de lui et trouva quelque chose de très étrange dans sa situation. Dans la cage faiblement éclairée à sa droite, le chimpanzé bougeait avec inquiétude ; de l'autre côté, il ne voyait pas l'Orang-outang, qui devait se cacher dans un coin. Dehors, le passage était plongé dans l'obscurité. Il était enfermé. Par intervalles, il pouvait entendre les cris de différentes bêtes, même s'il pouvait rarement dire de quoi il s'agissait à partir de ces cris. Plusieurs fois, il entendit le hurlement d'un loup, et une fois le rugissement d'un lion. Plus tard, les cris et les hurlements des animaux sauvages sont devenus plus forts et presque incessants.

Longtemps après avoir rangé tous ses livres sur les étagères et s'être couché, il resta éveillé en écoutant les bruits étranges. La clameur s'éteignit, mais il resta là à attendre le rire occasionnel de l' hyène ou le rugissement de l'hippopotame.

Le matin, il fut réveillé tôt par Collins, qui vint lui demander ce qu'il aurait au petit-déjeuner et pendant la journée, et ajouta que des ouvriers étaient venus fixer une planche devant sa cage. Cromartie a demandé s'il pouvait le voir, et Collins l'a apporté.

Il était écrit dessus :

Homo sapiens
HOMME ♂

Ce spécimen, né en Écosse, a été présenté à la Société par John Cromartie, Esq. Les visiteurs sont priés de ne pas irriter l'Homme par des remarques personnelles.

Quand Cromartie eut déjeuné, il n'y avait pas grand-chose à faire ; il fit son lit et commença à lire « Le Rameau d'Or ».

Personne n'entrait dans la maison des singes avant midi, lorsque deux petites filles entrèrent ; ils regardèrent dans sa cage, et la plus jeune dit à sa sœur :

« De quel singe s'agit- il ? Où est-il?"

«Je ne sais pas», dit la fille aînée. Puis elle a dit : « Je crois que cet homme est là pour être regardé. »

«Pourquoi il est comme oncle Bernard», dit la petite fille.

Ils regardèrent Cromartie d'un air offensé, puis se dirigèrent aussitôt vers l'Orang-outang, qui était un vieil ami. Les adultes qui entraient dans l'après-midi lisaient l'annonce d'un air perplexe, parfois à haute voix, et plus d'une fois, après un coup d'œil rapide, ils sortaient de la maison. Ils étaient tous gênés, à l'exception d'un petit homme désinvolte qui est arrivé juste avant l'heure de fermeture. Il rit, rit encore, et finalement il dut s'asseoir sur un siège, où il resta assis en suffoquant pendant trois ou quatre minutes, après quoi il ôta son chapeau à Cromartie et sortit de la maison en disant à haute voix : « Magnifique ! Merveilleux! Bravo!"

Le lendemain, il y avait un peu plus de monde, mais pas une grande foule. Un ou deux hommes sont venus prendre des photos, mais M. Cromartie avait déjà appris une astuce qui allait lui être très utile dans sa nouvelle situation : celle de ne pas regarder à travers les barreaux, de sorte que souvent il ne sache pas si des gens l'observaient. ou non. Tout était très confortable pour lui et, à ce propos , il était assez content d'être venu.

Pourtant, il ne pouvait s'empêcher de se demander en quoi son environnement lui importait ? Il était amoureux de Joséphine, et maintenant il s'était séparé d'elle pour toujours . La douleur qu'il ressentait à cause de cela s'atténuerait-elle un jour ? Et si c'était le cas, comme il le supposait, combien de temps cela prendrait-il ?

Le soir, on le laissa sortir et il se promena seul dans les jardins. Il essaya de se lier d'amitié avec une ou deux de ces créatures, mais elles ne voulurent pas le remarquer. La soirée était fraîche et fraîche, et il était heureux de sortir de la maison étouffante des singes. Il trouvait cela très étrange d'être seul au Zoo à cette heure-là, et étrange de devoir retourner dans sa cage. Le lendemain, juste après le petit-déjeuner, une foule commença à se presser dans la maison, qui fut bientôt pleine. La foule était bruyante, quelques personnes l'interpellaient avec insistance.

Il était assez facile pour Cromartie de les ignorer et de ne jamais laisser ses yeux errer à travers le grillage, mais il ne pouvait s'empêcher de savoir qu'ils étaient là. Vers onze heures, son gardien dut faire venir quatre policiers, deux debout à chaque porte, pour retenir la foule. Les gens étaient obligés de faire la queue et de continuer à bouger tout le temps.

Cela a duré toute la journée, et en fait, des milliers de personnes attendaient de voir « L'Homme » qui a dû être refoulé avant de pouvoir l'apercevoir. Collins a dit que c'était pire que n'importe quel jour férié.

Cromartie ne trahissait aucune inquiétude ; il déjeunait, fumait un cigare et jouait à plusieurs parties de Patience, mais à l'heure du thé, il était épuisé et aurait aimé aller se coucher dans sa chambre, mais il lui semblait que ce serait avouer sa faiblesse. Ce qui rendait les choses pire, parce que plus ridicule, c'était que le chimpanzé et l'orang-outang d'à côté, s'approchaient chacun des cloisons et passaient toute la journée à le regarder eux aussi. Sans doute, en agissant ainsi, ils ne faisaient qu'imiter le public, mais ils ajoutèrent beaucoup au malheur du pauvre M. Cromartie. Enfin la longue journée fut terminée, la foule s'en alla, les jardins furent fermés, et puis survint une autre surprise : car ses deux voisins ne s'en allèrent pas. Non, ils se sont accrochés aux cloisons grillagées et ont commencé à bavarder et à lui montrer les dents. Cromartie était trop fatigué pour rester dans la cage et alla se coucher dans sa chambre. Lorsqu'il revint au bout d'une heure, le chimpanzé et l'orang étaient toujours là et le saluèrent avec des grognements de colère. Cela ne faisait aucun doute : ils le menaçaient.

Cromartie ne comprit pas pourquoi il en était ainsi jusqu'à ce que Collins, qui était passé, le lui explique.

"Ils sont fous de jalousie", dit-il, "que vous ayez attiré une si grande foule." Et il a averti M. Cromartie de faire très attention à ne pas s'approcher de leurs doigts. Ils lui arracheraient les cheveux et le tueraient s'ils parvenaient à l'atteindre.

Au début, M. Cromartie trouva cela très difficile à croire, mais ensuite, quand il connut mieux le caractère de ses compagnons captifs, cela devint le lieu commun le plus ordinaire. Il apprit que tous les singes, les éléphants et les ours se sentaient ainsi jaloux. Il était tout à fait naturel que les créatures nourries par le public ressentent du ressentiment si on les négligeait, car elles sont toutes insatiablement gourmandes, et plus elles digèrent mal la nourriture qui leur est donnée, plus elles ont hâte de s'en rassasier. Les loups éprouvaient une jalousie différente, car ils s'attachaient constamment à certaines personnes parmi la foule, et si la personne choisie les négligeait pour un voisin , ils devenaient jaloux. Seuls les plus gros chats, lions et panthères semblaient libérés de cette passion dégradante.

Au cours de son séjour, M. Cromartie commença peu à peu à bien connaître toutes les bêtes des Jardins, puisqu'il était autorisé à sortir tous les soirs après la fermeture, et qu'il était très souvent autorisé à entrer dans d'autres cages. Rien ne le frappa plus fortement que la distinction que la plupart des différentes créatures établirent très vite entre lui et les gardiens. Lorsqu'un gardien passait, tous les animaux prêtaient attention, tandis que peu d'entre eux cherchaient même M. Cromartie. Il a été traité par la grande majorité avec indifférence. Au fil du temps, il s'aperçut qu'ils le traitaient comme ils se traitaient les uns les autres, et il fut frappé par le fait qu'ils avaient appris d'une manière ou d'une autre qu'il était exposé tel qu'ils étaient eux-mêmes. Cette impression était si forte que M. Cromartie y croyait sans aucun doute, bien qu'il ne soit pas facile de prouver qu'il en était ainsi, et encore plus difficile d'expliquer comment une telle connaissance a pu se répandre parmi une collection de créatures aussi hétérogènes. Cependant l'attitude des animaux les uns envers les autres était si marquée, que M. Cromartie non seulement l'observa chez eux, mais en vint très vite à la ressentir en lui-même pour eux. Il ne pouvait pas mieux la décrire qu'en la qualifiant d'abord d'« indifférence cynique », puis en ajoutant qu'elle était parfaitement bon enfant. Cela s'exprimait généralement par une indifférence totale, mais parfois par quelque chose entre un bâillement de mépris et un sourire d'appréciation cynique. C'était justement par ces légères nuances que M. Cromartie trouvait les animaux intéressants. Naturellement, ils n'avaient rien à lui dire et, dans un environnement aussi artificiel, leurs habitudes naturelles étaient difficiles à cerner, seuls ceux qui vivaient en famille ou en colonie semblaient toujours parfaitement à l'aise, mais ils semblaient tous révéler quelque chose d'eux-mêmes dans leur attitude envers l'un l'autre. Ils avaient un comportement tout à fait différent de l'homme , mais à leurs yeux

, M. Cromartie n'était pas un homme. Il en sentait peut-être un, mais ils virent tout de suite qu'il sortait d'une cage.

Il y a là une explication possible du fait souvent rapporté selon lequel il est particulièrement facile pour les détenus de se lier d'amitié avec des souris et des rats en prison.

Pendant le reste de la semaine, les foules se rassemblaient chaque jour autour de la nouvelle Ape-house, et la file d'attente pour l'admission était plus longue que celle au stand du Drury Lane Theatre le premier soir.

Des milliers de personnes ont payé l'entrée aux jardins et ont attendu patiemment pendant des heures afin d'apercevoir la nouvelle créature que la Société avait acquise, et aucune n'a été vraiment déçue lorsqu'elle l'a vu, même si beaucoup ont déclaré l'être. Car chacun est reparti avec ce dont les gens sont le plus reconnaissants d'avoir : c'est-à-dire un nouveau sujet de conversation, quelque chose sur lequel chacun pouvait discuter et avoir une opinion, à savoir l'opportunité d'exhiber un homme. Non que cette discussion se limitât à ceux qui avaient réussi à l'apercevoir. Au contraire, elle faisait rage dans tous les trains, dans tous les salons et dans les colonnes de tous les journaux d'Angleterre. Des plaisanteries à ce sujet étaient faites lors des dîners publics et dans les music-halls, et M. Cromartie était continuellement mentionné dans *Punch* , parfois d'une manière facétieuse. Des sermons ont été prêchés à son sujet, et un député travailliste à la Chambre des communes a déclaré que lorsque la classe ouvrière arriverait au pouvoir, les riches seraient placés « aux côtés de l'homme du zoo, là où ils avaient leur place ».

Ce qui était le plus étrange, c'est que tout le monde était d'avis soit qu'un homme devait être exhibé, soit qu'il ne devait pas l'être, et qu'au bout d'une semaine il n'y avait pas une demi-douzaine d'hommes en Angleterre qui ne croyaient à aucun principe moral de l'exposer. être impliqué dans l'affaire.

M. Cromartie se souciait peu de toutes ces discussions dont il était le sujet ; ce que les hommes disaient de lui ne lui importait pas plus que s'il avait été le singe dans la cage à côté de la sienne. En fait, c'était vraiment moins, car si le singe avait pu comprendre que des milliers de personnes parlaient de lui, la créature aurait été autant gonflée d'orgueil qu'elle était maintenant mortifiée de jalousie que son voisin puisse attirer une foule aussi vaste . .

M. Cromartie se disait qu'il ne se souciait plus du monde des hommes désormais. Alors qu'il regardait à travers les mailles de sa cage les visages excités qui l'observaient, cela lui coûta un effort pour écouter ce qui se disait de lui, et au bout d'un moment son attention s'égara même contre son gré, car il ne se souciait pas de l'humanité et ne se souciait pas de ce qu'ils disaient.

Pourtant, tandis qu'il se disait cela avec une certaine complaisance, quelque chose lui vint à l'esprit qui le jeta dans un tel désordre qu'il regarda autour de lui pendant une minute comme s'il était distrait, puis courut comme terrorisé vers sa cachette, sa place. de refuge, sa chambre, dans laquelle il ne s'était pas abrité auparavant, du moins pas de cette façon.

« Et si je voyais Joséphine parmi eux ? » se demanda-t-il à voix haute, et l'idée de sa venue lui était si actuelle qu'il lui semblait qu'elle entrait à ce moment-là dans la maison, et qu'elle était déjà là aux barreaux.

"Que puis-je faire?" se demanda-t-il. "Je ne peux rien faire. Que puis-je dire ? Je ne peux rien dire. Non, je ne dois pas lui parler, je ne la regarderai pas. Quand je la verrai , je m'assiérai dans mon fauteuil et regarderai par terre jusqu'à ce qu'elle soit partie, si j'en ai la force. Que deviendrai-je si elle venait ? Et peut-être qu'elle viendra tous les jours et qu'elle sera toujours là à me surveiller à travers les barreaux, et qu'elle m'interpellera et m'insultera comme certains le font déjà. Comment pourrais-je supporter ça ?

Puis il se demanda pourquoi elle devait venir et commença à se persuader qu'il n'y avait aucune raison pour qu'elle lui rende visite et que c'était la peur la plus irrationnelle qui pouvait s'emparer de lui, mais cela ne suffirait pas.

« Non, dit-il enfin en secouant la tête, je vois qu'elle doit venir. Elle est libre d'aller où elle veut, et un jour, quand je lèverai les yeux, je la verrai là-bas, me regardant dans ma cage. Tôt ou tard , cela arrivera forcément. » Puis il se demanda quelle mission l'enverrait là pour le regarder ? Pourquoi viendrait-elle ? Serait-ce pour se moquer de lui et le tourmenter, ou serait-ce parce que maintenant qu'il était trop tard , elle se repentait de l'avoir envoyé là-bas ?

« Non, se dit-il, non , Joséphine ne se repentira jamais, ou si elle le faisait, elle ne l'avouerait pas. Quand elle viendra ici, ce sera pour me faire plus de mal qu'elle ne l'a déjà fait ; elle viendra me torturer parce que ça l'amuse et je suis à sa merci. Oh, mon Dieu, elle n'a aucune pitié envers elle.

A cela, M. Cromartie, qui était si fier il y a à peine une demi-heure, disant qu'il ne se souciait plus des hommes et de ce qu'ils disaient, se mit à pleurer et à gémir comme un bébé, restant caché tout le temps dans sa petite chambre. Il est resté assis au bord de son lit, le visage enfoui dans ses mains pendant un quart d'heure, les larmes coulant entre ses doigts. Et pendant tout ce temps, il était occupé avec sa nouvelle peur, et se disait d'abord que sa vie n'était plus en sécurité, que Joséphine apporterait un pistolet et lui tirerait une balle à travers les barreaux ; et puis il pensait qu'elle ne se souciait pas de lui et qu'elle ne viendrait pas lui faire du mal, mais par simple amour de la notoriété et pour faire parler d'elle auprès de ses amis ou dans les journaux. Enfin , il se ressaisit un peu, se lava le visage et se lava les yeux, puis rentra dans sa cage, où, soyez-en sûr, la foule était assez impatiente de le voir après avoir attendu si longtemps.

Une fois de plus, on pouvait voir à quel point ce M. Cromartie « ne se souciait pas de l'humanité et de ce qu'elle disait ». À l'instant où il entra dans sa cage à la vue du public, d'une créature abjecte au visage comiquement tordu pour retenir ses larmes, il devint à la fois tout à fait calme et maître de lui et ne montra aucune trace d'un quelconque sentiment. . Pourtant, ce calme supposé montrait-il qu'il ne se souciait pas de l'humanité ? Est-ce parce qu'il ne se souciait pas de l'humanité qu'il faisait ces efforts, ravalant la boule qui lui montait dans la gorge, retenant la larme qui aurait pu lui monter aux yeux, et entrant avec un sourire serein, puis fronçant les sourcils avec un sourire serein. une affectation de pensée; et tout cela était-il dû au fait qu'il ne se souciait pas de l'humanité ?

Ce qui était étrange, c'est que M. Cromartie aurait dû mettre trois semaines à penser que Joséphine viendrait certainement lui rendre visite. Depuis trois semaines, il pensait à chaque instant de la journée à cette fille Joséphine, et même rêvait d'elle presque toutes les nuits, mais il ne lui était jamais venu à l'esprit qu'il la reverrait un jour. Il s'était répété mille fois : « Nous sommes séparés pour toujours » et ne s'était jamais demandé : « Pourquoi est-ce que je dis cela ? Il était même revenu un soir sur leurs pas alors qu'ils erraient d'une cage à l'autre le jour où ils avaient eu leur rupture définitive. Mais maintenant toutes ces idées sentimentales étaient à mille lieues de lui, qui, s'il était allongé, bâillait et coupait négligemment les pages d'un livre de Mudie , était néanmoins terrifié par la question qu'il ne cessait de se poser :

« Quand viendra-t-elle ? Viendra-t-elle maintenant, aujourd'hui, ou peut-être demain ? Ne viendra-t-elle que la semaine prochaine, ou pas avant un mois ?

Et son cœur se serra en comprenant qu'il ne saurait jamais quand elle arriverait et qu'il ne serait jamais préparé pour elle.

Mais avec tout ce battement, M. Cromartie était comme un compatriote arrivant en ville un jour en retard pour la foire, car Joséphine lui avait déjà rendu visite ce jour-là deux heures avant qu'il ait pensé qu'elle pourrait le faire.

Lorsqu'elle était venue Joséphine ne savait certainement pas du tout pourquoi elle se trouvait là. Chaque jour, depuis qu'elle avait entendu parler de la « chose répugnante » que John avait faite, elle avait juré de ne plus jamais le revoir et de ne plus jamais penser à lui. Chaque jour qu'elle passait à penser à lui, et chaque jour sa colère la poussait à marcher en direction de Regent's Park, et tout son temps était occupé à réfléchir à la meilleure façon de le punir pour ce qu'il avait fait.

Au début, cela avait été insupportable pour elle. Elle avait entendu la nouvelle de son père au petit-déjeuner pendant qu'il lisait *le Times* , et l'avait apprise par fragments alors qu'il la lui lisait par hasard alors qu'elle restait silencieuse avec la machine à café et la machine à œufs devant elle, car son père tenait à ce que ses œufs soient bouillis très exactement. Une fois le petit-déjeuner terminé, elle trouva *le Times* et lut le récit de « l'acquisition surprenante par les autorités du zoo ». Elle se dit alors qu'elle ne pourrait jamais pardonner ni oublier l'insulte dont elle avait été victime, et qu'en déjeunant elle était devenue une vieille femme.

Avec le temps, la fureur de Joséphine ne faiblit pas ; non, c'est devenu plus grand ; et il passait par une douzaine de phases ou plus chaque jour. Ainsi, à un moment donné, elle riait de pitié pour un pauvre imbécile comme John, puis s'étonnait qu'une telle créature ait le sens de savoir à quelle place il appartenait, puis tournait toute sa rage contre la Société Zoologique pour avoir causé un tel outrage à la société. la décence se produise dans leurs terres, et réfléchissent amèrement à la folie de l'humanité qui était prête à se divertir devant un spectacle aussi triste que celui de John dégradé - se réduisant en effet à son niveau. Encore une fois, elle s'exclamait sur la vanité qui le conduisait à une telle voie ; n'importe quoi ferait l'affaire pourvu qu'il fasse parler de lui. Il verrait sans doute qu'on parlait aussi d'elle, Joséphine. En effet, John, a-t-elle déclaré, l'avait fait uniquement pour l'offenser. Mais il avait fait fausse route pour se rendre au travail s'il pensait pouvoir l'impressionner. Elle irait bien le voir et lui montrerait combien elle se souciait peu de lui ; non, ce qui était mieux, elle irait rendre visite à l'autre singe à côté de lui. C'était ainsi qu'elle pourrait le mieux lui montrer son indifférence à son égard et sa supériorité sur la vulgaire foule des touristes. Rien ne l'inciterait à regarder une créature aussi basse que John. Elle ne pouvait pas considérer son action avec indifférence. C'était une insulte calculée, mais heureusement il en souffrirait seul, car, quant à elle, elle ne s'était jamais souciée de lui, et sa totale indifférence ne risquait pas d'être troublée par sa dernière escapade. En fait, cela ne signifiait pas plus pour elle que n'importe quelle autre créature exposée.

Ainsi , Miss Lackett roulait en rond, jurant de se venger à un moment donné et l'instant d'après jurant que ce qu'il avait fait ne lui tenait qu'à elle, qu'elle ne s'était jamais souciée de lui et ne le ferait jamais. Mais quoi qu'elle fasse, elle ne pouvait penser à rien d'autre. La nuit, elle restait éveillée, se disant d'abord une chose puis une autre, et changeant d'avis dix fois à chaque fois qu'elle tournait la tête sur l'oreiller, et ainsi elle passa les trois ou quatre premiers jours et nuits dans la misère.

Pourtant, dans tout cela, il y avait quelque chose qui blessait Miss Lackett plus encore que le fait lui-même : c'était la conscience de sa propre inutilité et de sa vulgarité. Tout ce qu'elle ressentait, tout ce qu'elle disait était vulgaire. Sa préoccupation pour M. Cromartie était vulgaire et toutes les émotions liées à lui qu'elle ressentait maintenant étaient dégradantes. En fait, après les premiers jours, cela lui pesait tellement qu'elle était presque prête à lui pardonner, mais elle ne pourrait jamais se pardonner. Tout son amour-propre avait disparu à jamais , se dit-elle ; elle savait désormais qu'elle n'était jamais désintéressée. Elle s'était offensée plus que n'importe quel Cromartie ne le ferait jamais. Elle était, disait-elle, profondément déçue d'elle-même, et se demandait comment il se faisait que cet aspect de sa nature lui eût été si longtemps insoupçonné.

C'est ce retrait de sa rage et de son indignation contre elle-même qui lui permit finalement d'aller le voir, ou plutôt d'aller voir le Chimpanzé à côté de lui, car elle se répétait qu'elle ne le regarderait pas, qu'elle pouvait le voir. ne pas supporter de le voir, et ainsi de suite, même si par moments cette décision était modifiée par la réflexion qu'elle espérait seulement qu'il se sentirait convenablement puni lorsqu'il la verrait lui lancer un regard de mépris froid.

Miss Lackett a trouvé l'événement différent de ses attentes. Devant la Maison des Singes, une foule s'était rassemblée et, aussitôt qu'elle l'eut rejoint, elle se retrouva prise dans une file de gens attendant de voir « L'Homme ». De tous côtés, elle entendait des plaisanteries sur lui, et celles des femmes (qui étaient en majorité) lui paraissaient peu convenables. Les progrès étaient extrêmement lents et très épuisants.

Finalement, lorsqu'elle se trouva dans le bâtiment lui-même, il lui fut impossible de réaliser son intention de ne regarder que les singes, car elle fut soudain bouleversée à l'idée de les voir et ferma les yeux de peur de voir un singe. et être envahi par la nausée. Au bout de quelques minutes, elle se retrouva devant la cage de Cromartie et le regarda, impuissante. À ce moment-là, il était occupé à se promener (ce qui, d'ailleurs, lui prenait beaucoup plus de temps qu'il ne l'aurait jamais cru). Mais elle ne pouvait pas lui parler, elle redoutait même qu'il la voie.

Il marchait d'avant en arrière le long du grillage, les mains derrière le dos et la tête légèrement penchée, jusqu'à ce qu'il atteigne le coin, où il releva la tête et tourna les talons. Son visage était inexpressif.

Avant de sortir, Miss Lackett devait subir un autre choc, car, sortant de la cage de M. Cromartie, elle laissa ses yeux vagabonder et se retrouva soudain droit dans la gueule de l'Orang. Cette créature était assise par terre, inconsolable, avec ses longs cheveux roux emmêlés et emmêlés dans des pailles. Ses yeux bruns rapprochés fixaient devant elle et rien en elle ne bougeait à part ses narines noires, qui avaient la forme d'un cœur inversé et enchâssées dans un masque de caoutchouc noir et poussiéreux. Voilà donc à quelle créature ressemblait son amant ! C'était à ce Caliban mélancolique que tout le monde le comparait ! Un monstre aussi hideux que ce singe était considéré comme un compagnon approprié pour l'homme dont elle s'était imaginée amoureuse ! Pour l'homme qu'elle avait envisagé d'épouser !

Miss Lackett sortit silencieusement de la maison, malade de dégoût et accablée de honte. Elle avait honte de tout, de ses propres sentiments, de sa faiblesse à se soucier de ce qui était arrivé à John. Elle avait honte des spectateurs, d'elle-même et du monde sale où existaient de tels hommes et des bêtes comme eux. À sa honte se mêlait la peur qui grandissait à chaque pas qu'elle faisait. Elle craignait d'être reconnue et regardait tous ceux qu'elle croisait avec une appréhension nerveuse ; même après avoir quitté les jardins , elle ne se sentait pas en sécurité, si bien qu'elle prit un taxi et y monta presque à bout de souffle, et même alors elle regarda derrière elle à travers la vitre du fond. Rien ne la suivait.

« Dieu merci, tout va bien. Il n'y a aucun danger », se dit-elle, même si elle n'aurait pas pu dire quel était le danger dont elle parlait. Peut-être avait-elle peur de se retrouver elle-même enfermée dans une cage.

Le lendemain, Miss Lackett s'était quelque peu débarrassée des impressions douloureuses causées par sa visite, et sa principale émotion était un sensible soulagement que la situation n'ait pas tourné pire.

« Plus jamais, se dit-elle, je ne me rendrai coupable d'une telle folie. Plus jamais, répéta-t-elle, je n'aurai besoin de courir un risque aussi terrible. Je ne penserai plus jamais à ce pauvre garçon, car je n'en aurai jamais besoin. Par justice envers lui, j'ai dû le voir, même de loin, et sans qu'il me voie. Cela aurait été lâche de ne pas y aller, cela n'aurait pas été conforme à mon caractère. Mais ce serait une lâcheté de ma part d'y retourner. Ce serait faible. Après tout, je devais assouvir ma curiosité, il eût été fatal de la réprimer. Maintenant, je connais le pire et l'affaire est définitivement close. Si j'y retournais, ce serait pénible pour moi et injuste pour lui, car je pourrais être reconnu ; s'il apprenait que j'y étais allé deux fois, cela lui donnerait de faux espoirs. Il pourrait en conclure que je souhaitais lui parler. Rien, rien ne pourrait être plus éloigné de la vérité. Je pense qu'il est fou. Je suis sûr qu'il est fou. Lui parler serait comme ces entretiens que les gens doivent avoir une fois par an avec leurs proches fous. Mais heureusement pour moi, mon devoir coïncide avec mes inclinations : je ne dois pas le voir et j'abhorre l'idée de le voir. Il n'y a plus rien à dire.

Il était rare que Miss Lackett fût aussi cohérente dans ses pensées, et nous pouvons ajouter qu'elle n'était pas souvent non plus aussi guindée. Elle parvenait à se répéter de telles phrases encore et encore tout au long de la semaine, mais d'une manière ou d'une autre, elle ne parvenait pas à tout oublier de M. Cromartie, ni même à le sortir de ses pensées pendant plus d'une heure ou deux à la fois.

Le quatrième jour après sa visite , il arriva que le général Lackett donna un dîner où sa fille servait d'hôtesse. Plusieurs des invités étaient jeunes, et un ou deux d'entre eux n'étaient pas très aisés. Il était naturel dans ces circonstances, le général ayant congédié un peu inconsidérément son chauffeur pour la soirée, que sa fille lui propose de reconduire chez elle quelques-uns de ses jeunes amis . L'un d'eux vivait à Frognal , deux autres à Circus Road, St. John's Wood. À l'aller, Miss Lackett suivit la route ordinaire depuis Eaton Square, c'est-à-dire par Park Lane, Baker Street, Lord's et Finchley Road jusqu'à Frognal , ramenant ensuite ses autres compagnes à Circus Road.

C'est alors, après s'être dit au revoir, et encore au revoir en s'éloignant, qu'elle céda à un sentiment d'inquiétude. Elle conduisit lentement jusqu'à la station Baker Street, mais à ce moment-là elle pensait à M. Cromartie. Cela l'a amenée, presque machinalement, à faire demi-tour avec sa voiture vers la gauche et, peu après, à emprunter le Cercle Extérieur. Pendant qu'elle conduisait, son esprit était presque vide ; elle conduisait dans cette direction simplement pour dissiper une humeur. Tout ce dont elle avait conscience, c'était que Cromartie était là, au zoo. Elle était fatiguée et conduire la distrayait. Au bout de quelques instants, elle dépassait les jardins. Elle s'arrêta juste après le tunnel, avant d'atteindre l'entrée principale. À ce stade, elle était aussi près que possible de la nouvelle maison des singes, qui se trouvait, comme elle le savait, à l'ombre des terrasses Mappin. Elle descendit de la voiture et se dirigea vers les palissades. Ils étaient trop hauts pour qu'elle puisse les regarder, et quand elle se releva par les mains, il n'y avait rien d'autre à voir que les ombres noires des arbres à feuilles persistantes et, à travers une cassure, un coin des terrasses Mappin - une silhouette d'arbres noirs. contre le clair de lune. Alors qu'elle le regardait, il lui vint à l'esprit que c'était comme quelque chose de familier pour elle. Ses poignets lui faisaient mal et elle sauta à terre.

"John, John, pourquoi es-tu là-dedans?" dit-elle à voix haute. Quelques instants plus tard, elle a vu un policier s'approcher d'elle, alors elle est remontée dans sa voiture et a continué lentement.

En passant devant l'entrée principale, elle se retourna de nouveau et aperçut de nouveau les terrasses Mappin.

— La Tour de Babel, bien sûr, dit-elle à voix haute, dans l'Encyclopédie Chambers . C'est aussi comme l'Arche de Noé, je suppose, puisque c'est une ménagerie, et... Oh, malédiction ! Oh putain!" Elle avait les larmes aux yeux et les réverbères étaient devenus de petits arcs-en-ciel circulaires. Mais ce qu'elle s'est dit, c'est que c'était une conduite délicate.

Cette nuit-là, elle ne parvint pas à dormir et ne trouva aucune des défenses ordinaires contre le malheur. C'est-à-dire qu'elle était incapable d'affecter une quelconque sorte de supériorité à ses troubles, d'ailleurs elle les voyait exactement tels qu'ils étaient, dans leur horreur nue, et n'était pas capable de les classer dans des catégories conventionnelles. Car Miss Lackett aurait pu se dire : « J'ai été amoureuse de John, maintenant je trouve qu'il est fou. C'est une terrible tragédie, c'est très douloureux de penser que les gens sont fous, pour moi c'est une déception en amour. De telles déceptions sont les plus douloureuses auxquelles une fille dans ma situation puisse être exposée », et ainsi de suite – si elle avait pu le faire, Miss Lackett aurait trouvé un moyen sûr de réduire ses souffrances au minimum. Car en avançant des idées aussi générales que la folie et la déception amoureuse, elle aurait pu très vite en arriver à n'éprouver que l'émotion générale qui convenait à ces idées. Mais dans l'état actuel des choses , elle ne pouvait penser qu'à John Cromartie, à son visage, à sa voix, à ses manières et à sa manière de se mouvoir ; de la cage particulière dans laquelle elle l'avait vu pour la dernière fois, de l'odeur des singes, de la nuée de gens qui le regardaient et riaient, et de sa propre solitude et de sa misère que John avait délibérément provoquées. C'est-à-dire qu'elle ne pensait qu'à sa douleur et ne cherchait pas à lui donner un nom. Et nommer un chagrin est un premier pas pour l'oublier. Vers trois heures du matin, elle se leva et descendit dans la salle à manger, où elle trouva une carafe de porto, une autre de whisky et des Bath Olivers . Elle se versa un verre de porto et le goûta, mais sa douceur la dégoûta, alors elle le reposa et se servit du whisky. Après avoir bu un demi-verre de vin de cet alcool, le prenant pur tel qu'il sortait de la bouteille, elle se sentit beaucoup plus calme. Elle en but un autre verre, puis monta dans sa chambre, se jeta sur son lit et tomba aussitôt dans un sommeil lourd et ivre.

Pendant ces jours, M. Cromartie ne s'était pas débarrassé de ses appréhensions de voir Joséphine. La pensée qui le tourmentait le plus était qu'il était à sa merci, c'est-à-dire qu'elle était libre de lui rendre visite quand elle le voulait et de s'absenter aussi longtemps qu'elle le voudrait. Les conditions matérielles de sa vie ne changèrent en rien, même s'il n'y avait plus une foule immense désireuse de le voir à tout moment ; et de quatre policiers, on crut bientôt que deux suffisaient pour réguler ses visiteurs. Au bout d'une semaine encore, ils ne furent plus qu'un seul, mais bien que la foule fût chaque jour plus restreinte, ce policier resta définitivement laissé, plus pour protéger M. Cromartie que pour toute autre chose, car certaines personnes s'étaient montrées très désobligeantes envers lui. En effet, M. Cromartie avait dû se plaindre à deux reprises, et cela pas seulement de propos injurieux. Mais pendant cette période, très peu de choses avaient changé dans son environnement matériel ; cela ne veut pas dire que l'état d'esprit de M. Cromartie n'a pas changé. À cet égard, deux forces étaient à l'œuvre. L'une était qu'il pensait maintenant continuellement à Joséphine et attendait une visite d'elle, et que, à mesure que son cercle d'idées se rétrécissait dans la solitude, il devenait de plus en plus occupé à imaginer comment elle viendrait, ce qu'elle dirait et ainsi de suite. Ainsi , il répétait continuellement des scènes avec Joséphine, et cette habitude gênait ses lectures quotidiennes et l'alarmait même parfois sur sa santé mentale. En second lieu, peut-être parce que trop penser à Joséphine le faisait se replier sur lui-même, il devint timide, s'irritait des spectateurs et éprouvait quelque chose qui approchait de la répulsion pour les animaux de la ménagerie.

Ce sentiment s'est naturellement intensifié à l'égard de ses voisins immédiats , la femelle Orang et le Chimpanzé. Dans leur cas, il ne faisait en effet qu'un léger retour pour la mauvaise volonté qu'ils lui portaient, et qui semblait s'accroître de jour en jour. M. Cromartie était en réalité responsable d'une aggravation de leur aversion naturelle et, pourrait-on dire, raisonnable à son égard. Car non seulement il attirait une foule plus nombreuse que celle qui leur était réservée, mais il les ignorait constamment et négligeait tellement les civilités ordinaires qu'il se serait rendu extrêmement impopulaire si ses voisins avaient été des êtres humains comme lui. Cela était dû à un singulier défaut d'imagination chez lui plutôt qu'à un manque naturel de manières, car dans la vie ordinaire il se montrait toujours parfaitement bien élevé. Si l'on peut trouver une excuse à sa conduite, c'est qu'il croyait que la bonne chose à faire était d'ignorer l'existence même de ses voisins , et aussi que Collins, son gardien, ne lui a jamais donné raison sur ce point. Le fait est que Collins n'a jamais été parfaitement à l'aise avec M. Cromartie et qu'il était le genre d'homme à s'offusquer lui-même. En effet, il était plus jaloux des sentiments de ses anciens favoris , les deux singes, qu'il ne l'imaginait. En outre, il avait perdu le Gibbon, qui avait été donné à un autre gardien lors de l'arrivée de M. Cromartie, et il ne fait aucun doute que Collins aurait aimé récupérer le Gibbon à la place de M. Cromartie. D'une part, le singe lui avait donné moins de travail, et d'autre part, il n'avait jamais été, à aucun moment de sa vie, son supérieur social. En outre, Collins avait, car il faut lui rendre justice, une affection très positive pour l'animal. Un soir, après une journée passée de la manière la plus décousue, M. Cromartie était assis dans sa cage en train de sucer sa pipe, quand tout à coup il vit Miss Lackett entrer dans la maison vide.

C'était le soir du lendemain de sa nuit troublée. Le matin, elle avait résolu de trancher la question de savoir si Cromartie était fou ou non, de porter sur le sujet un jugement impartial et définitif, car elle était convaincue que si elle ne pouvait pas régler la question de sa santé mentale d'une manière ou d'une autre, autrement, il n'y aurait aucun doute qu'elle perdrait le sien.

Mais une fois arrivée dans les jardins , il lui fut impossible de voir M. Cromartie seul. Une foule, bien que moins nombreuse qu'autrefois, était encore rassemblée autour de la maison des singes toute la matinée. Entre une et deux heures, il y avait toujours devant sa cage des personnes dont la présence empêchait de lui parler. Elle comprit alors qu'il lui suffisait d'attendre jusqu'au dernier soir et de se dépêcher juste à l'heure de la fermeture. Tout ce retard bouleversait les arrangements de sa journée. Savoir qu'elle avait promis d'appeler son ancienne camarade d'école, Lady Rebecca Joel, d'aller prendre le thé chez l'amiral Goshawk et de sortir ensuite avec eux, l'inquiétait excessivement. À la dernière minute, elle a envoyé des messages plaidant maux de tête et indisposition, puis n'a rien trouvé à faire jusqu'à la fermeture du zoo. Rester si longtemps dans les jardins était intolérable. Pour ajouter à son inconfort, le ciel s'est couvert de nuages et une violente tempête a éclaté, l'air étant bientôt rempli de grésil, de flocons de neige et de grêle. Elle sortit en courant des jardins, se mouillant ce faisant, et il lui fallut quelques instants avant de pouvoir trouver un taxi. Une fois à l'intérieur, il fallut absolument dire à l'homme où l'emmener.

« Baker Street », dit-elle. Car Baker Street est un point central à partir duquel elle pouvait facilement se rendre où elle le souhaitait. C'est la raison, on s'en souvient, qui a poussé le grand détective Holmes à choisir d'installer ses appartements à Baker Street, et aujourd'hui elle est encore plus centrale. Tout Metro-Land est à vos pieds.

Mais le temps entre le zoo et la station de métro Baker Street est court, et Miss Lackett est arrivée sans aucune idée plus claire de l'endroit où aller ni de ce qu'elle devait faire que lorsqu'elle a quitté les jardins en courant. Certes, la pluie s'était arrêtée pour le moment et elle marchait d'un bon pas le long de Marylebone Road. Car elle appartenait à l'ordre de la société qui ne peut pas flâner dans la rue. Elle s'éloigna sans but, se demandant ce qu'elle ferait d'elle-même, quand la tempête revint avec un soudain jet de pluie. Joséphine regarda autour d'elle et trouva un refuge offert par les portes d'un grand immeuble de briques rouges dans lequel elle entra. C'était celle de Madame Tussaud.

Elle n'avait jamais visité, enfant, la célèbre collection d'effigies en cire, et elle fut immédiatement intéressée par ce qu'elle y voyait. Une voix intérieure lui disait de profiter au maximum de cette occasion fortuite, de mettre de côté son malheur passager et de s'amuser.

Elle tomba dans un état d'esprit paisible et, pendant plusieurs heures de suite, s'adonna au plaisir de contempler les figures formelles des personnages les plus célèbres de ce siècle et d'autrefois. Il s'agissait pour la plupart des grands victoriens et dataient du siècle dernier. Il y avait peu d'autres visiteurs, mais les grands salons sont toujours bondés et partout où elle regardait, elle rencontrait des visages familiers.

Joséphine avait été présentée à la Cour, mais n'avait pas été impressionnée par cette expérience. Celle de Madame Tussaud lui paraissait une présentation plus auguste lors d'une Levée éternelle.

A un bout de la salle se trouvaient en effet les familles royales d'Europe en robe de couronnement. Il y avait dans toute l'assistance un air de formalité, une raideur et une contrainte qui lui semblaient naturels chez des invités attendant que leur hôte entre. Et peut-être que dans un instant un rideau serait écarté et que l'armée des hôtes apparaîtrait. .

Joséphine n'attendit plus et descendit en courant vers la Chambre des Horreurs.

Avant que cela ne paraisse possible, il était temps de retourner aux Jardins, si elle voulait voir Cromartie avant l'heure de fermeture. Elle entra rapidement dans la maison et trouva Cromartie assis près du devant de sa cage comme s'il s'attendait à la voir. Alors qu'elle s'approchait de la cage , il posa la pipe qu'il tenait dans sa bouche et se leva, semblant alors lui faire de l'ombre, le sol de sa cage étant plus haut que le couloir dans lequel elle se tenait.

« S'il vous plaît, asseyez-vous », dit-elle, puis elle se tut, ne trouvant rien de tout ce qu'elle était venue lui dire prêt à dire.

Il lui obéit.

Ils se regardèrent alors un petit moment en silence. Enfin Joséphine rassembla sa résolution et lui dit à voix basse :

"Je pense que tu es fou."

Cromartie hocha la tête ; il s'était recroquevillé sur sa chaise et était apparemment incapable de parler.

Joséphine attendit et dit : « J'étais très inquiète pour toi, parce que je pensais au début que quelque chose que je t'avais dit aurait pu te faire agir de cette manière idiote, mais il est maintenant tout à fait clair pour moi que même si ce que je t'ai dit a fait n'ai aucune influence, tu es tout à fait fou, et que je n'ai plus besoin de penser à toi .

Cromartie hocha de nouveau la tête. Elle remarqua avec surprise qu'il pleurait et que son visage était mouillé de larmes qui tombaient sur le sol de sa cage. La vue de ses larmes et de son silence déterminé lui fit endurcir le cœur. Elle se sentit soudain en colère.

La cloche a commencé à sonner pour l'heure de fermeture et elle a entendu quelqu'un, probablement le policier, la main sur la porte, parlant à un autre homme à l'extérieur. Joséphine se détourna, mais revint un instant après à la cage. Cromartie s'éloignait d'elle en se mouchant.

« Vous devez être fou », lui cria-t-elle ; puis la porte s'est ouverte et le policier est entré.

"Dépêchez-vous, mademoiselle, ou vous devrez rester ici toute la nuit, et vous savez que cela ne suffira jamais", l'entendit-elle dire alors qu'elle s'éloignait précipitamment.

Bien que la visite de Joséphine ait été douloureuse, elle n'a pas réussi à affliger Cromartie très longtemps. En effet, après peu de temps, il se rétablit complètement, et en raisonnant sur ce qu'elle avait dit, et sur les raisons de sa venue, il trouva de quoi se réconforter. En premier lieu, tous les doutes secrets qu'il avait eus au cours de la dernière semaine quant à sa propre santé mentale étaient désormais dissipés. Il n'allait pas croire qu'il était fou, se disait-il, simplement parce que Joséphine Lackett le lui avait dit. D'ailleurs, il était sûr qu'elle affirmait seulement qu'il était fou parce que cela lui convenait de le croire. S'il était réellement fou, cela la soulagerait de toute nécessité de penser à lui, et le fait qu'elle ait ressenti une telle nécessité d'exister était en soi extrêmement gratifiant. De plus, il était certain que si Joséphine avait été réellement convaincue de sa folie , elle ne lui aurait pas rendu visite pour lui en parler. Même Joséphine ne trouverait aucune satisfaction dans une inhumanité aussi inutile. Si elle s'était sentie obligée de prendre des mesures à ce sujet, elle se serait adressée aux dirigeants de la Société et aurait insisté pour qu'il soit examiné par un médecin psychiatrique et, si nécessaire, certifié fou. Et avec ces raisons très satisfaisantes, M. Cromartie s'assura qu'il n'était pas vraiment fou, ni même en danger de le devenir, bien qu'il ne doutât pas que Joséphine se persuaderait facilement du contraire.

Le bonheur et le malheur sont purement relatifs, et M. Cromartie était maintenant élevé dans un état de très grande humeur par des considérations qui ne produiraient normalement pas un tel résultat. Mais après l'état de désespoir complet dans lequel il était plongé depuis plusieurs semaines, il ne pouvait guère imaginer de plus grand bonheur que de savoir que Joséphine devait se persuader qu'il était fou pour pouvoir le chasser de ses pensées.

Mais il ne faut pas en conclure que M. Cromartie se laissait aller à quelque espoir que ce soit. Il n'envisageait même pas la possibilité de s'échapper du zoo ou de gagner l'amour de Joséphine, car il n'avait jamais eu l'ambition de le faire non plus. De telles pensées lui auraient semblé non seulement ridicules mais aussi déshonorantes . Il avait suivi sa voie les yeux ouverts, et la question de savoir s'il devait la suivre ou non n'était même pas envisageable. À cet égard, la Société Zoologique a eu de la chance en choisissant un homme. Car s'il ne fait aucun doute que M. Cromartie aurait obtenu sa liberté chaque fois qu'il la demandait, sans qu'il ait recours à des mesures extrêmes telles que refuser de la nourriture ou implorer l'aide des visiteurs pour le secourir, le laisser partir aurait été une cause de vexation pour la Société. On ne peut pas supposer qu'il aurait été difficile de le remplacer par un autre spécimen de son espèce. Non, la raison pour laquelle ils auraient ressenti sa perte comme un coup si dur est que le public s'attache facilement aux animaux individuels du zoo et ne peut pas se consoler lorsqu'un tel favori meurt ou disparaît, même s'il est instantanément . remplacé par un spécimen encore plus beau de la même espèce. De nombreuses personnes ont l'habitude de fréquenter les jardins pour rendre visite à leurs amis particuliers, Sam, Sadie et Rollo, et pas seulement pour observer un ours polaire, un orang ou un manchot royal. Et cela s'applique tout autant aux membres de la Société qu'au public extérieur. Il était donc naturel qu'ils nourrissent l'espoir que la nouvelle acquisition des Jardins y restera pour le reste de sa vie naturelle, et bien qu'il ne puisse pas rivaliser avec les autres créatures en popularité générale lorsque la curiosité vulgaire à son sujet s'était dissipé, mais il fallait espérer qu'avec le temps, il développerait autant de personnalité que s'il était un ours ou un singe.

Pendant que le conservateur faisait visiter la maison à Sir James Agate-Agar, il a qualifié Cromartie de « votre Diogène local ». Le nom était immédiatement sur les lèvres de tous ceux qui évoluaient dans les cercles zoologiques. Il y aurait ici une opportunité pour M. Cromartie s'il était disposé à la saisir. Une fois passée la publicité vulgaire qui avait accompagné son installation, de nombreuses personnes dans les rangs supérieurs de la société londonienne étaient désireuses de faire la connaissance de M. Cromartie, et s'il en savait assez pour assumer le rôle qui lui était réservé, Il ne fait aucun doute qu'il aurait pu avoir autant de société qu'il en souhaitait, et celle de personnes du premier rang, qui étaient toutes animées du plus véritable intérêt pour lui et de l'amitié la plus sincère à son égard, bien que naturellement non sans l'attente qu'en échange ils seraient divertis par ses remarques, car un homme tel que Diogène du Zoo devait sûrement être une grande bizarrerie.

Mais bien que M. Cromartie ait bien l'intention de rester pour le reste de sa vie dans la cage qui lui était prévue, il n'avait aucune idée des opportunités sociales que cela lui offrirait, et il les appréciait si peu qu'il repoussait avec constance tout le monde. ce genre d'ouvertures et trahissait une réticence évidente à engager une conversation avec qui que ce soit, même avec le conservateur lui-même. Mais à l'époque en question, cela était dû à une conscience de soi non anormale face à la nouvelle situation dans laquelle il se trouvait, ainsi qu'à l'effet perturbant d'être exposé quotidiennement à une foule nombreuse, parmi laquelle se trouvaient des personnes dont une conduite offensante a suscité la plus grande indignation.

Il fallut plusieurs jours après cette première entrevue pour qu'il revoie Miss Lackett . Pendant cette période, il avait beaucoup de choses à penser, mais son moral restait bon ; pour la première fois depuis dix jours, il se promenait dans les jardins par plaisir, et non par le sentiment qu'il lui fallait prendre l'air pour se porter bien. Pendant plusieurs soirées, il resta immobile pendant une demi-heure ou plus près des mares des castors et des loutres, et fut fréquemment récompensé par un aperçu des premiers, mais seulement une fois par les secondes. Quelles que soient les créatures des jardins qui avaient le plus conservé leur nature sauvage, elles l'attireraient certainement. Ils lui semblaient, dans son état d'esprit un peu tordu, avoir conservé leur estime d'eux-mêmes. C'était d'y parvenir dans son cas particulier qui était son principal souci, même s'il savait bien entendu que cela ne consistait pas à se comporter avec une quelconque timidité. Au contraire, le respect de soi de M. Cromartie dépendait de sa capacité à conserver une apparence de calme imperturbable, ainsi qu'à faire preuve de la plus grande courtoisie dans toutes ses relations avec ceux avec qui il avait des affaires.

Un soir, alors qu'il guettait les renards, le gardien de la maison des petits chats s'approcha de lui et entra en conversation. Après quelques remarques triviales qui servaient leur but ordinaire, c'est-à-dire qu'elles faisaient savoir à M. Cromartie que le gardien était un garçon agréable et bien disposé à son égard, il dit :

« Je pense que ce serait un bon plan si vous faisiez de l'un de ces animaux un animal de compagnie, si vous le souhaitez. Cela semble être un gâchis pour vous d'être ici et de ne pas devenir un animal de compagnie hors du commun.

M. Cromartie avait pensé ce jour-là que le plus grand désavantage dans sa situation était peut-être qu'il ne pouvait avoir aucun ami familier. Son ancienne vie avait été complètement renoncée et lui était désormais fermée, de sorte qu'il ne servait à rien de regarder en arrière pour en trouver une. En même temps , il était si complètement coupé du monde ordinaire de l'humanité qu'il ne se souciait pas de risquer d'avoir des relations sexuelles avec ses semblables, de peur d'être exposé à la pitié ou à une curiosité offensante.

La suggestion de ce gardien n'aurait pas pu arriver à un meilleur moment, car il voyait que même s'il ne s'intéressait pas à un *animal de compagnie* , il pouvait se faire un *ami* . Quoi qu'il en soit, réfléchit-il, l'égalité des circonstances est une excellente base pour toute connaissance, et il ne pourrait nulle part partager aussi bien les circonstances de la vie d'un animal qu'ici, au zoo. S'il était allé dans une jungle tropicale, il n'aurait pas été plus proche, car là-bas, même si les animaux auraient été chez eux, il ne l'aurait pas été.

Il suivit le gardien dans la petite maison du chat et discuta avec lui encore un peu.

Il se trouve qu'une des bêtes directement sous la garde de cet homme avait attiré M. Cromartie lors de son entrée dans la maison auparavant. Car dans le Caracal , il voyait un malheur à la hauteur du sien, combiné à la beauté. Le Caracal, pauvre créature, ne s'arrêtait jamais de bouger, le visage appuyé aux barreaux de sa petite cage. Il allait et venait avec une rapidité infatigable et une monotonie qui semblait inspirée par une tristesse inexprimable.

À sa demande, le gardien sortit le Caracal pour qu'il puisse lui parler.

Pendant plusieurs jours après cela, M. Cromartie ne manqua jamais de rendre visite au Caracal tous les soirs, et tout en lui faisant très peu de démarches, il montra à la créature qu'il était plus disposé à être amical que la plupart de ses compagnons de captivité. Cette persévérance n'était pas gâchée, car au bout de cinq ou six jours le Caracal arrêtait ses tristes mouvements devant ses barreaux quand Cromartie rentrait, et le soignait avec un regret évident quand le moment était venu pour lui de s'en aller.

Le gardien, de son côté, était très heureux que son Caracal ait un tel compagnon, et peut-être d'autant plus que ce n'était pas son favori ; en particulier, l'homme s'est attribué tout le mérite d'avoir conseillé à M. Cromartie de faire d'une bête quelconque un animal de compagnie. Il n'a pas fallu longtemps pour qu'il en fasse part au conservateur et aux autres membres du personnel susceptibles d'être intéressés.

Le résultat de tout cela fut qu'un soir, alors que Cromartie était assis en train de lire, enfermé pour la nuit, il entendit soudain la porte s'ouvrir et vit le conservateur venir lui rendre visite.

« Oh, je viens d'intervenir, M. Cromartie, » dit le conservateur de la manière la plus amicale , «pour un mot ou deux. Le gardien de la maison des petits chats me dit que vous avez fait du Caracal un véritable animal de compagnie.

A ces mots, Cromartie pâlit un peu et se dit : « La graisse est dans le feu maintenant. Il va nous interdire de continuer notre amitié ; J'aurais dû m'y attendre.

Les mots suivants que prononça le conservateur ne le trompèrent pas du tout, car il poursuivit : « Maintenant, comment aimeriez-vous, M. Cromartie, avoir cet homme dans votre… avec vous ici, je veux dire ? Vous n'êtes pas obligé de l'avoir à moins que vous ne le souhaitiez, bien sûr, et vous n'êtes pas obligé de le garder un jour de plus que vous ne le souhaitez. Je n'essaie pas de gagner de la place, je vous l'assure.

M. Cromartie accepta la suggestion avec reconnaissance, et il fut convenu que le Caracal viendrait lui rendre une visite d'essai pendant quelques jours.

Le lendemain soir, il se rendit comme d'habitude à la petite maison du chat, mais cette fois, lorsque le Caracal fut libéré, il l'invita à revenir avec lui, et sans aucune hésitation, la créature le suivit puis marcha avec lui à ses côtés, et puis, sa confiance grandissant, le chat courut devant lui quelques mètres, s'arrêtant de temps en temps comme pour lui demander :

« Dans quelle direction allons-nous maintenant, camarade ? »

le rejoignait, il secoua les pompons de ses oreilles touffues et courut de nouveau devant lui. Soyez assuré que le pauvre Caracal ne souffrait pas de nostalgie de sa petite cage. Non, en effet, il courut dans les quartiers les plus spacieux de son ami comme s'il se contenterait d'y rester pour toujours , et après avoir trotté quatre ou cinq fois autour d'eux et sauté sur la table et descendre de chaque table. des chaises, il s'installa comme s'il était chez lui, et peut-être même l'était-il pour la première fois depuis son arrivée aux Jardins.

Ce joli genre de chat, pour tel qu'il trouvait le Caracal (non sans qu'il ait quelques vertus pour lesquelles les chats ne sont pas habituellement célèbres), lui fut d'un très grand réconfort dans sa captivité. Car la créature avait mille tours ludiques et de jolies manières qui lui faisaient ses délices. Depuis si longtemps qu'il n'avait rien pu voir de la journée hormis ses voisins, les singes sordides, et les visages dévisagés d'une foule qui semblait partager toutes les qualités de ces singes (et avec moins d'excuses d'être là), qu'il était un bonheur rare pour lui d'avoir à ses côtés une créature gracieuse et charmante. C'était d'ailleurs sa compagne, l'amie de son choix et la partageuse de ses malheurs. Ils étaient égaux en tout, et il n'y avait dans leur amour rien de cette servilité servile d'un côté et de cette propriété autoritaire de l'autre qui rend presque toutes les relations avec les hommes et les animaux si dégradantes pour chacun des partis. Même si cela peut paraître fantaisiste, il existe en réalité une forte ressemblance entre les personnages de ces deux amis.

Tous deux étaient de nature gaie et sportive, avec des manières agréables qui cachaient admirablement la sauvagerie indomptée de leur cœur fauve. Mais la ressemblance résidait surtout dans leur orgueil excessif et obstiné. Chez tous deux, l'orgueil était le moteur de toutes leurs actions, même si nécessairement la qualité devait se manifester très différemment chez un homme et chez une espèce rare et précieuse de chat. En prison, bien que dans un cas cela ait été volontairement fait, et dans l'autre cas forcé, ni l'un ni l'autre n'a voulu se plier ou se soumettre complètement et complètement.

Car si M. Cromartie a toujours fait preuve d'une complète résignation et d'une obéissance exemplaire, ce n'était après tout qu'une soumission feinte.

La visite de son nouvel ami fut du goût des deux parties, et en général ils ne rencontrèrent aucune des difficultés qui accompagnent parfois la vie à proximité. Il est vrai que le Caracal ne dormait pas la nuit, mais qu'il passait tout le début de sa nuit à rôder çà et là ; mais il était sur des pieds très silencieux et rembourrés, et le matin il était fatigué d'errer, de sorte qu'au réveil, M. Cromartie ne manquait jamais de trouver son ami recroquevillé sur le lit à côté de lui.

Dans toutes leurs relations, l'homme n'a jamais tenté d'exercer une quelconque autorité sur la bête ; Si le Caracal s'éloignait, il ne le rappelait pas, il n'essayait pas non plus de le tenter avec des friandises de sa table, ni par des récompenses de quelque sorte que ce soit de l'entraîner à de nouveaux tours. En effet, à les regarder tous les deux ensemble, il semblerait qu'ils n'aient pas conscience de la présence de l'autre, ou qu'il n'existe entre eux qu'une totale indifférence. Seulement si le Caracal abusait trop de sa patience, soit en mangeant sa nourriture avant d'avoir fini, soit en jouant avec sa plume s'il écrivait, il l'injurierait ou lui donnerait une petite manchette pour montrer son mécontentement. Une ou deux fois, dans de telles occasions, le Caracal lui montrait les dents et étendait ses griffes acérées et méchantes, mais il réfléchissait toujours à nouveau avant de les utiliser sur son grand ami qui se déplaçait lentement. Une ou deux fois, bien sûr, comme on pouvait s'y attendre, M. Cromartie fut égratigné, mais cela fut fait par jeu ou simplement accidentel ; en fait, c'était presque toujours le cas lorsque le Caracal, sautant de terre sur son épaule, s'accrochait de peur de perdre l'équilibre. Une seule fois cela fut grave, et puis parce que le Caracal, tentant un saut plus haut que d'habitude, atterrit sur la tête et sur la nuque. M. Cromartie poussa un cri de surprise et de douleur, et le Caracal rentra instantanément ses griffes et, par des ronronnements et de nombreux frottements affectueux de son corps contre son ami, chercha à réparer son méfait. M. Cromartie saignait de dix coups de poignard sur le cuir chevelu, mais après le premier instant, il parla doucement au chat et lui pardonna entièrement. Tout cela n'était pourtant rien comparé au bonheur qu'il avait d'avoir un compagnon pour être avec lui dans sa captivité, et un compagnon qui était d'autant plus heureux de l'avoir.

À la demande de Cromartie, le Caracal était désormais installé en permanence avec lui, et une autre planche était fixée à l'avant de la cage, à côté de la sienne. Il portait l'inscription :

CARACAL

Félis Caracal. ♂ Irak.

Présenté par Squadron N, RAF, Bassorah.

Aucune photo de l'Homme ou de Caracal n'était jointe, car il était tenu pour acquis que les visiteurs seraient capables de les distinguer. Le public a montré une grande appréciation du fait que l'homme partageait sa cage avec un animal, et M. Cromartie est soudainement devenu, ce qu'il n'avait jamais été auparavant, extrêmement populaire. Le vent tourna, et tout le monde trouva charmante celle qui les avait tant scandalisés . Au lieu de propos méchants, voire d'insultes, les oreilles de M. Cromartie furent assaillies par des cris de joie.

Ce changement était certainement positif, même si M. Cromartie pensait qu'avec le temps, cela pourrait devenir aussi ennuyeux que les remarques malveillantes l'étaient autrefois. Sa défense était la même contre chacun, c'est-à-dire qu'il fermait les oreilles, ne regardait jamais à travers le filet s'il pouvait s'en empêcher, et lisait ses livres comme s'il était effectivement un érudit travaillant dans son propre bureau.

Il était assis ainsi en train de lire « Wilhelm Meister », avec son compagnon le Caracal à ses pieds, lorsqu'il entendit soudain son nom appeler et leva les yeux.

Il y avait Joséphine, debout devant lui, le regardant, le visage pâle, la bouche rigide et les yeux fixes.

M. Cromartie sursauta, mais comme il fut surpris, sa maîtrise de soi disparut un instant.

"Mon Dieu! Pourquoi es-tu venu ? lui demanda-t-il d'un ton agité.

Joséphine fut un instant interloquée par cette salutation, et alors qu'il se dirigeait vers l'avant de sa cage, elle s'éloigna de lui. Pour le moment, elle était confuse. Puis elle dit :

« Je suis venu vous poser des questions au sujet d'un livre. Le deuxième tome des "Liaisons Dangereuses". Tante Eily s'en inquiète. Elle dit que les planches en font une édition très précieuse. Elle me soupçonne de le lire aussi et pense que cela ne convient pas... »

Tout en parlant, Cromartie se mit à rire, plissant les yeux et montrant les dents.

" Alors mon oubli t'a mis dans le pétrin, n'est-ce pas ?" Il a demandé. Puis : « Je suis terriblement désolé. En fait, je l'ai ici. Je vous le posterai ce soir. Je ne peux malheureusement pas le faire passer à travers le grillage. C'est l'un des inconvénients de vivre en cage.

Joséphine n'avait pas vu Cromartie aussi charmant depuis longtemps. Sa propre expression changea également, mais elle resta toujours timide et maladroite, et avait visiblement peur que quelqu'un entre dans la maison des singes et les trouve ensemble en train de discuter.

Pendant un moment ou deux, ils restèrent silencieux. Elle regarda le Caracal et dit :

« J'ai lu dans le journal que vous aviez un compagnon. Je pense que c'est un très bon plan. Vous avez l'air mieux. J'ai une bronchite et je suis immobilisé depuis quinze jours depuis la dernière fois que vous m'avez vu.

Mais pendant que Joséphine parlait, le visage de Cromartie s'assombrit de nouveau. Il remarqua sa maladresse et en fut agacé. Il se souvenait aussi de sa dernière visite et de la façon dont elle s'était comportée alors. Se souvenant de tout cela, il fronça les sourcils, se redressa, se frotta le nez avec colère et dit :

« Tu dois comprendre , Joséphine, que te voir me fait excessivement mal. En fait , je ne suis pas sûr de pouvoir supporter d'être exposé plus longtemps à ce danger. La dernière fois, tu es venu me voir pour me dire que tu me croyais fou. Je ne pense pas que tu aies raison, mais si je ne peux pas m'empêcher de te voir, j'ose dire que je deviendrai fou. Je dois donc vous demander, dans l'intérêt de ma propre santé, ne serait-ce que de ne plus jamais vous approcher de moi. Si vous avez quelque chose d'urgent à dire, s'il y a un autre livre de votre part, ou toute autre raison de ce genre, vous pouvez toujours m'écrire. Rien de ce que vous pouvez dire ou faire ne peut être extrêmement douloureux et épuisant, même si vous vous sentiez bienveillant envers moi ; mais de votre comportement je ne peux que conclure que vous voulez me faire souffrir et venir ici vous amuser à me faire du mal. Je vous préviens, je ne vais pas me soumettre à la torture.

« Je n'ai jamais entendu de telles absurdités, John. J'espérais que tu allais mieux, mais maintenant je suis sûre que tu es vraiment en colère, " dit Joséphine. « On ne m'a jamais parlé de cette façon. Et tu imagines que moi, plus que tout le monde, je veux te voir ! »

"Eh bien, je vous interdis de venir me voir à l'avenir", a déclaré M. Cromartie.

"Interdire! Vous interdisez ! s'écria Joséphine, furieuse maintenant contre lui. « Vous m'interdisez de venir ! Ne réalisez -vous pas que vous êtes exposé ? Moi, ou n'importe qui d'autre qui paie un shilling, pouvons venir vous regarder toute la journée. Vos sentiments ne doivent pas nous inquiéter ; tu aurais dû y penser avant. Vous vouliez faire une exhibition de vous-même, maintenant vous devez en assumer les conséquences. Interdisez-moi de venir vous voir ! Bonté divine! L'impertinence de l'animal ! Vous faites partie des singes maintenant, ne le saviez-vous pas ? Vous vous mettez au niveau d'un singe et vous êtes un singe, et pour ma part, je vais vous traiter comme un singe.

Cela fut dit d'une manière froide et ricanante qui était vraiment trop pour M. Cromartie. Le sang lui monta à la tête, et avec un visage déformé par une rage presque folle, il lui tendit le poing à travers les barreaux. Lorsqu'il put enfin parler, ce fut seulement pour lui dire d'une voix peu naturelle :

« Je vais te tuer pour ça. Confondre ces bars ! »

«Ils ont certains avantages», dit froidement Joséphine. Elle avait peur, mais pendant qu'elle parlait, M. Cromartie s'allongeait sur le sol de sa cage et elle le vit mettre son mouchoir dans sa bouche et le mordre ; il avait les larmes aux yeux, et parfois il poussait un profond gémissement comme s'il était près de mourir.

Tout cela effrayait Joséphine plus encore que ses menaces de la tuer. Et le voir se rouler là comme s'il était en crise la fit se repentir de ce qu'elle lui avait dit, puis elle s'approcha du filet de sa cage et se mit à le supplier de lui pardonner et d'oublier ce qu'elle avait. dit.

«Je n'en pensais pas un mot, mon cher John», dit-elle d'une voix nouvelle et altérée, qui lui parvenait à peine, tant elle était douce. "Comment peux-tu penser que je veux te faire du mal alors que je viens te voir dans ta misérable prison parce que je t'aime et que je ne peux pas t'oublier malgré tout ce que tu as fait exprès pour me faire du mal ?"

"Oh, va-t'en, va-t'en, s'il te reste de la pitié", dit John. Sa propre voix lui revenait maintenant, mais il sanglotait une ou deux fois entre ses mots.

Cependant le Caracal, qui avait regardé et écouté toute cette scène avec beaucoup d'émerveillement, s'approcha de lui et commença à le réconforter dans sa détresse, en reniflant d'abord son visage et ses mains, puis en les léchant.

Et avant que Joséphine et John aient pu dire quoi que ce soit d'autre, la porte s'est ouverte et tout un groupe de personnes est entré pour voir les singes. Alors Joséphine sortit de la maison et sortit des jardins, et, montant dans un fiacre, elle rentra directement chez elle, comme si elle était dans un cauchemar. Quant à M. Cromartie, il se releva vivement et sortit précipitamment de sa cage dans sa cachette pour se laver le visage, se coiffer et se ressaisir un peu avant d'affronter le public ; mais quand il revint, le groupe était parti et il n'y avait plus que son Caracal qui le regardait et lui demandait aussi clairement que des mots :

« Qu'y a-t-il, mon cher ami ? Est-ce que tout va bien? Est-ce fini? Je suis désolé pour toi, même si je suis un Caracal et que tu es un homme. En effet, je t'aime très tendrement.

Il n'y avait que le Caracal lorsqu'il retourna dans sa cage, seulement le Caracal et « Wilhelm Meister » allongés sur le sol.

Cette nuit-là, Miss Lackett souffrit tous les tourments que l'amour peut donner, car son orgueil semblait l'avoir abandonnée maintenant alors qu'elle voulait le plus qu'il la soutienne, et sans cela, sa pitié pour le pauvre M. Cromartie et sa honte devant ses propres paroles étaient libres de s'exprimer. réduisez-la et humiliez-la complètement.

« Comment puis-je lui parler à nouveau ? se demanda-t-elle. "Comment puis-je espérer être pardonné alors que je suis allé deux fois vers lui dans sa misérable captivité, et que chaque fois je l'ai insulté et dit les choses que cela lui ferait le plus mal d'entendre ?"

« Depuis le début, se dit-elle, tout est de ma faute. C'est moi qui l'ai fait entrer au Zoo. Je l'ai traité de fou, je me suis moqué de lui et je l'ai fait souffrir, alors que tout est dû à mon caractère incontrôlable, à mon orgueil et à mon manque de cœur. Mais j'ai toujours souffert, et maintenant il est trop tard pour faire quoi que ce soit. Il ne me pardonnera jamais maintenant. Il ne supportera plus jamais de me revoir et je dois toujours souffrir. Si je m'étais comporté différemment, j'aurais peut- être pu le sauver, lui et moi aussi. Maintenant, j'ai tué son amour pour moi, et à cause de ma folie, il devra souffrir pour toujours l'emprisonnement et la solitude , et moi-même je vivrai misérablement et je n'oserai plus jamais relever la tête.

La Providence n'a pas conçu l'humanité pour de telles émotions ; ils peuvent être ressentis avec acuité, mais chez une fille en bonne santé et pleine d'entrain, ils ne sont pas d'une nature très durable.

Il était donc tout naturel qu'après avoir consacré la plus grande partie de la nuit aux reproches les plus amers et à l'humiliation la plus complète de l'esprit, et après avoir versé suffisamment de larmes pour rendre son oreiller inconfortablement humide, Miss Lackett se réveillait le lendemain matin dans un état d'esprit très optimiste. Elle résolut de rendre visite à M. Cromartie cet après-midi et lui envoya une note l'informant de son intention en ces termes :

Place Eaton.

CHER JOHN ,

Tu sais bien que la raison pour laquelle je me suis mal comporté est parce que je t'aime toujours. J'ai vraiment honte, s'il vous plaît, pardonnez-moi si vous le pouvez. Je dois vous voir aujourd'hui. Puis-je venir l'après-midi ? C'est très important, car je ne pense pas que nous puissions continuer ainsi longtemps. Je viendrai dans l' après-midi. S'il vous plaît, consentez à me voir, mais je ne viendrai pas à moins que vous ne m'envoyiez un mot par messager pour que je puisse le faire.

Bien à vous,
JOSÉPHINE LACKETT .

Dès que Joséphine eut envoyé le messager, elle regretta ce qu'elle y avait dit, et rien ne lui parut alors plus sûr que que sa lettre exaspérerait encore Cromartie. L'instant d'après, elle pensa : « Je me suis exposée à la plus grande humiliation qu'une femme puisse recevoir. » Pendant une seconde ou deux, cela la remplit de terreur, et à ce moment-là, elle se serait facilement suicidée. Comme ni poisons , ni poignards, ni pistolets, ni précipices n'étaient à sa portée, elle ne fit rien, et en moins d'une minute l'humeur passa, et elle se dit :

« Qu'importe mon humiliation ? J'ai souffert plus de cela la nuit dernière que je ne pourrai jamais en souffrir à nouveau. Hier soir, je me suis humilié à mes propres yeux. Si John essaie de m'humilier aujourd'hui, il trouvera le travail accompli. En attendant, je dois me maîtriser. Je n'ai pas de temps à perdre avec mes émotions ; J'ai beaucoup de choses à faire. Je dois voir John, et comme je suis amoureuse de lui , je dois m'entendre avec lui. Je dois conclure un marché avec lui.

Agissant sur ces pensées, elle sortit immédiatement, avec l'intention de marcher jusqu'au zoo sans attendre plus longtemps le retour du messager. Mais son esprit était toujours occupé.

"Je lui pardonnerai complètement et lui proposerai de me fiancer secrètement avec lui en échange de son départ immédiat du zoo."

Elle ne pensait pas, en disant cela, que rien ne lui serait plus facile que de rompre de pareils fiançailles, tandis que si Cromartie quittait les Jardins , il était peu probable qu'on le reprenne.

Mais lorsqu'elle arriva à Marble Arch , elle dut attendre un peu avant de traverser la route, et elle remarqua un homme qui vendait des journaux à côté d'elle. Sur la pancarte qu'il portait, elle vit :

L'HOMME AU ZOO
MAULED BYMONKEY

Pendant un premier instant, elle ne rattacha pas la pancarte à son amant ; elle se permit de s'amuser à l'idée qu'un spectateur se fasse mordre le doigt, mais l'instant d'après un doute surgit et elle acheta précipitamment le journal.

"Ce matin, "l'Homme au zoo", dont le vrai nom est M. John Cromartie, a été horriblement mutilé par Daphné, l'Orang dans la cage voisine de la sienne." Joséphine lut très lentement le récit de l'affaire.

Il apparaissait que, vers onze heures du matin, Cromartie jouait au ballon dans sa cage avec le Caracal. En esquivant le Caracal, il était tombé lourdement contre la cloison grillagée qui le séparait de l'Orang. Alors qu'il s'était reposé là un moment, les spectateurs furent horrifiés de le voir saisi par l'Orang, qui l'attrapa par les cheveux. M. Cromartie avait levé les mains pour éviter que son visage ne soit égratigné, et l'Orang avait réussi à s'emparer de ses doigts et à en briser les os. M. Cromartie avait fait preuve d'un grand courage et avait réussi à se dégager avant l'arrivée du gardien. Deux doigts ont été écrasés et les os fracturés ; il avait subi plusieurs blessures graves au cuir chevelu et avait le visage écorché. Le seul danger à craindre était l'empoisonnement du sang, car on sait que les blessures infligées par les singes sont particulièrement venimeuses.

En lisant ces lignes, Joséphine se souvint soudain de la mort du roi de Grèce suite à une morsure de singe, et elle devint de plus en plus alarmée. Elle a appelé un taxi, est montée à bord et a dit au chauffeur de l'emmener au Jardin Zoologique aussi vite que possible. Pendant tout le trajet, elle fut dans une fièvre d'agitation et ne put rien régler dans son esprit.

Arrivée au zoo, elle se rendit directement à la maison du conservateur résident et fut juste à temps pour voir M. Cromartie transporté sur une civière, mais avant qu'elle puisse y arriver, la porte lui fut fermée au nez. Elle sonna, mais il fallut presque cinq minutes avant que la porte ne soit ouverte par une servante qui apporta sa carte, lui demandant de voir le conservateur car elle était une amie de M. Cromartie. Mais avant le retour de la servante, le conservateur sortit et Joséphine expliqua sa visite sans aucune gêne. Elle fut invitée et se trouva dans une belle salle à manger bien éclairée en présence de deux messieurs en tenue du matin et tous deux aux sourcils broussailleux. Le conservateur la présenta comme une amie de M. Cromartie, et tous deux la regardèrent avec beaucoup d'attention et s'inclinèrent.

Sir Walter Tintzel , l'aîné des deux, était un homme de petite taille avec un visage rouge plutôt rond ; M. Ogilvie, un homme plus grand et plus jeune, avec une peau semblable à du parchemin et un œil de verre dans lequel elle se retrouva à regarder. « Comment va le patient ? » demanda Joséphine, tombant aussitôt dans cet état d'esprit que produit la présence de médecins distingués, et particulièrement de chirurgiens, état d'esprit, c'est-à-dire d'un vide presque complet, quand, si bouleversé qu'on ait pu être l'instant d' avant , on trouve toute émotion suspendue ou engloutie dans le brouillard. Toutes les facultés, à un tel moment, sont concentrées à se comporter avec un décorum absurde.

"Il est un peu trop tôt pour le dire, Miss Lackett ", répondit Sir Walter Tintzel , curieux d'en savoir plus sur elle.

« Mon ami M. Ogilvie vient de s'amputer d'un doigt ; à mon avis, cela aurait été un risque injustifiable de ne pas le faire. Il y a eu plusieurs blessés légers, mais heureusement, ils n'ont pas nécessité de mesures aussi drastiques. Puis-je vous demander, Miss Lackett , sans impertinence, si vous connaissez M. Cromartie depuis longtemps ? Vous êtes, je crois, un ami personnel, un ami proche et cher de M. Cromartie.

Miss Lackett ouvrit de grands yeux à cette remarque et répondit :

"J'étais naturellement anxieux... Oui, je suis un vieil ami de M. Cromartie - et, si vous voulez, un ami proche." Elle a ri. « Y a-t-il un risque d'empoisonnement du sang ?

"Il y a un risque, mais nous avons pris toutes les précautions."

« Le roi de Grèce est mort mordu par un singe », s'écria soudain Joséphine.

«C'est de la foutaise», interrompit le conservateur en s'avançant. « Pourquoi tout le monde dans les Jardins a été plus ou moins gravement mordu par des singes à un moment ou à un autre. Cela arrive toujours. C'est affreux de penser que le pauvre garçon ait perdu un doigt, mais il n'y a aucun danger.

"Tu es sûr qu'il n'y a aucun danger ?" demanda Joséphine.

Le conservateur fit appel aux médecins. Ils se sont permis de sourire.

Joséphine se retira, et dans la salle le conservateur lui dit :

« Ne vous inquiétez pas pour lui, Miss Lackett ; C'est évidemment une chose bestiale à imaginer, mais ce n'est pas grave. Il n'est pas le roi de Grèce ; le singe n'est même pas ce genre de singe. Il sera debout dans un jour ou deux au maximum. Au fait, votre père est-il le général Lackett ?

Joséphine fut surprise, mais l'avoua sans hésitation.

« Oh, oui, c'est un vieil ami à moi. Passez un jour la semaine prochaine pour prendre le thé et voir comment va notre ami.

Joséphine partit de bien meilleure humeur qu'elle n'était venue, et bien qu'elle fut troublée une ou deux fois par le souvenir de la forme inconsciente de M. Cromartie, la tête enveloppée de bandages et le corps recouvert d'une couverture, elle ressentit une légère anxiété. Au contraire, elle s'est très vite livrée à des visions roses de l'avenir.

Ainsi, rien ne lui paraissait plus clair que le fait que M. Cromartie quitterait le zoo, et la perte d'un doigt n'était peut-être pas un prix trop élevé à payer pour le ramener à ses habitudes ordinaires, ou peut-être pourrait-elle dire qu'un prix pas trop élevé punition pour une conduite telle que la sienne.

Et l'idée lui vint aussi à l'esprit qu'elle n'avait désormais plus besoin de s'humilier envers Cromartie, car il quitterait le zoo et se réconcilierait désormais avec elle, comme une évidence. C'était à elle de lui pardonner ! Elle avait réussi à s'en sortir de justesse. Dans quelle position de faiblesse elle aurait pu se trouver si elle l'avait vu avant que le singe ne le morde ! Quelle position forte elle occupait maintenant ! Elle devait, pensa-t-elle, prendre cette leçon à cœur et ne jamais agir à la hâte sous l'impulsion du moment, sinon elle donnerait à John tous les avantages et il n'y aurait plus aucune relation avec lui. Elle se souvint ensuite de la lettre qu'elle lui avait envoyée et essaya pendant un moment de s'en rappeler les termes exacts. Lorsqu'elle se souvint qu'elle avait dit qu'elle avait honte et qu'elle avait demandé pardon, elle se mordit les lèvres avec dépit, mais l'instant d'après elle s'arrêta net et dit à haute voix : « Comme c'est indigne de toi ! Comme c'est mesquin ! Comme c'est vulgaire !

Et elle se souvint à ce moment de toutes les choses vulgaires et horribles qu'elle avait ressenties lorsqu'elle avait appris pour la première fois que John était allé au zoo, et combien elle en avait honte par la suite, et combien elle s'était comportée de manière haineuse lors de ses deux visites au zoo. lui. Elle se dit alors qu'elle devait avoir honte, qu'elle devait demander pardon et qu'elle devait être reconnaissante de l'avoir fait dans sa lettre, mais l'instant d'après elle se disait : « C'est quand même gagné. Je ne devrais pas me mettre à sa merci. Je dois garder le dessus, sinon ma vie ne vaudra pas la peine d'être vécue. Et après cela, son esprit se tourna à nouveau vers des visions du futur dans lesquelles John était récompensé par sa main et ils prenaient une maison de campagne. Son père était une autorité en matière d'étangs piscicoles et de ruisseaux à truites. Lui et Cromartie aménageraient bien sûr un étang à poissons. Il y aurait peut-être des douves autour de la maison. Mais la silhouette qui se penchait sur l'épaule de son père au petit-déjeuner, repoussant la machine à faire bouillir les œufs pour examiner un plan de la nouvelle écloserie de truites, cette silhouette était une personne très différente de M. Cromartie, l'homme mutilé et mordu par un singe dans le Zoo.

Quand Joséphine rentra chez elle , elle trouva un mot qui lui avait été laissé, mais qui n'était pas de la main de M. Cromartie.

Cela s'est déroulé comme suit :

Infirmerie, Zoo.

Chère Joséphine ,

Votre message est arrivé par le messager. Je ne serai pas libre de vous voir cet après-midi, ce qui me dispense de prendre la décision de ne pas le faire. Vous dites que la raison pour laquelle vous vous comportez cruellement avec moi est parce que vous m'aimez. C'est parce que je le sais, que j'ai essayé de me passer de ton amour. Je pense que tu es un personnage qui torturera toujours les gens que tu aimes. Je ne supporte pas bien la douleur ; cela seul nous rend inadaptés les uns aux autres. C'est la principale raison pour laquelle je ne souhaite plus jamais vous revoir.

Vous vous trompez lorsque vous dites que vous avez quelque chose de première importance à me dire. À moins que cela n'ait quelque chose à voir avec les arrangements que les autorités du zoo prennent concernant la maison des singes, cela ne peut pas avoir d'importance pour moi.

S'il vous plaît, croyez que je ne vous ressent aucun ressentiment pour le passé ; en effet , je t'aime toujours, mais je pense ce que je dis.

Bien à vous,
JOHN CROMARTIE .

Lorsque Joséphine eut relu cette lettre deux fois et se rendit compte qu'elle avait dû être écrite *après* qu'il eut été mordu par le singe, et juste avant que son doigt ne soit coupé, elle abandonna tout espoir.

Tout ce qu'elle avait ressenti se révélait être une folie ridicule. Si John pouvait écrire ainsi au moment où il devait avoir le plus envie d'échapper à l'enfermement, elle voyait que ses projets pour sa régénération étaient impossibles. Elle monta dans sa chambre et s'allongea. Tout était perdu.

Ce matin-là, M. Cromartie avait pris son petit-déjeuner composé de petits pains, de beurre, de marmelade d'Oxford et de café, comme d'habitude. Lorsqu'il fut dégagé, il commença à jouer au ballon avec le Caracal.

A cet effet, il utilisait une balle de tennis ordinaire et, la lançant sur le sol de sa cage, la faisait rebondir sur le filet et lui revenait. Le jeu ressemblait donc à un jeu de cinq, le but étant cependant, de sa part, d'empêcher le Caracal d'intercepter la balle, ce qu'il était d'ailleurs rarement capable de faire plus de trois ou quatre fois de suite, car le chat était très fort. il était rapide sur pattes et avait un bon œil.

Après avoir joué une dizaine de minutes, M. Cromartie a glissé en arrière en prenant une balle.

qui a rebondi haut et est tombé lourdement contre le mur grillagé de sa cage. Avant de retrouver son équilibre, il se sentit saisi par les cheveux et comprit aussitôt que c'était son voisin l'Orang qui l'avait tenu dans ses griffes. La brute a alors poussé un doigt jusqu'à l'oreille de M. Cromartie et l'a tranché sans blesser le tambour. M. Cromartie a alors réussi à tourner la tête pour voir son agresseur et a constaté que son visage était désormais exposé et que son front était égratigné. Pour se protéger, il plaça une main devant son visage et s'éloignait du filet avec l'autre lorsque l'Orang attrapa deux de ses doigts entre ses dents. La douleur lui fit dégager la tête, et la mèche de cheveux par laquelle l'Orang le tenait sortit de son cuir chevelu.

Le singe tenait toujours ses doigts comme un bouledogue. A ce moment-là, son Caracal, qui se déplaçait entre ses jambes, passa une patte à travers le filet et ratissa les cuisses de l'Orang avec ses griffes, mais le singe ne le quitta pas pour autant. M. Cromartie, qui avait la tête très froide pour un homme dans une telle situation, sortit de sa poche quelques vestas de cire, les frappa sur son talon et enfonça les fusées évasées à travers le fil dans le museau du singe et dans ce Le chemin le fit quitter immédiatement sa cale.

Cette circonstance de sa sensation des fusées dans sa poche pendant que le singe réduisait lentement ses doigts en purée a très fortement impressionné les spectateurs, qui, à part crier à l'aide, étaient impuissants à faire quoi que ce soit. Non moins remarquable était la façon dont, dès qu'il était libre, il arrachait le Caracal du filet avant que le singe ne puisse l'attraper, et ce, bien que le chat soit hors de lui par la fureur du combat. Mais curieusement, en faisant cela, il ne fut pas égratigné, soit parce qu'il l'avait tiré par la peau avec sa main intacte et l'avait porté hors de la cage, soit parce que le Caracal le connaissait déjà à ce moment-là.

Collins est arrivé juste au moment où cela s'est produit et le choc était presque trop fort pour lui ; on remarqua qu'il était d'une blancheur mortelle et qu'il pouvait à peine parler. M. Cromartie était couvert de sang, du sang coulait de son oreille et de ses doigts, et tous ses cheveux étaient emmêlés de sang, mais il revint aussitôt après avoir enfermé son Caracal, pour montrer aux spectateurs qu'il n'était pas gravement blessé ; eux, de leur côté, battaient des mains avec joie, soit parce qu'ils étaient heureux de le voir s'échapper, soit parce qu'ils étaient reconnaissants d'avoir eu droit à un spectacle aussi insolite pour rien.

Cromartie est ensuite retourné dans sa chambre intérieure et Collins l'a immédiatement conduit à l'infirmerie, où il a reçu les premiers soins. Peu de temps après, il reçut la lettre de Joséphine et dicta une réponse que le messager devait lui apporter. Il y eut un petit retard avant que le messager ne parvienne à lui.

Dès qu'il eut expédié la lettre, il fut anesthésié et le troisième doigt de sa main droite amputé.

Après l'opération et avant qu'il ait repris connaissance, il a été emmené chez le curateur, qui avait décidé qu'il y serait plus à l'aise que partout ailleurs. Même si à l'époque M. Cromartie s'était comporté avec un calme parfait et avait supporté ses blessures sans broncher, non seulement au moment de l'agression, mais pendant plus de trois heures après, et qu'il avait pu rédiger une lettre pendant ce temps comme si de rien n'était s'était produit, il avait reçu un grand choc nerveux dont les effets ne se sont fait sentir que le lendemain. Il a passé une nuit très perturbée, mais le matin ça allait beaucoup mieux ; a pris un petit-déjeuner ordinaire mais ne s'est pas levé, et Sir Walter Tintzel , qui lui a rendu visite vers onze heures, était optimiste et a prédit un rétablissement rapide. Dans l'après-midi, il était agité et souffrait beaucoup, et à mesure que le soir arrivait, sa température montait rapidement. Cette nuit-là, il était dans un état de délire intermittent, s'endormant de temps en temps et se réveillant avec des cauchemars qui persistaient même lorsqu'il semblait bien éveillé.

reconnut une intoxication sanguine aiguë , mais le patient était tout à fait rationnel dans son esprit. Le troisième jour, les symptômes de l'empoisonnement du sang furent plus prononcés. Le malade tomba dans un délire qui dura sans répit pendant trois jours. La plupart des hallucinations fébriles qui remplissaient son esprit disparurent ensuite complètement lorsqu'il reprit conscience. Pourtant, M. Cromartie avait un souvenir clair et vif de l'un d'eux. Ce n'était, il le savait, qu'un rêve, et pourtant cela semblait venir de lui arriver, et le rêve ou la vision était suffisamment singulier pour qu'il soit consigné ici.

Dans le Strand, les gens se pressaient en petites foules, semblables à des bouffées de fumée sale qui, de temps en temps, soufflaient en volutes sur la route. Ils venaient tous vers lui alors qu'il descendait de Somerset House en direction de Trafalgar Square. Personne ne marchait de la même manière que lui, et aucun des gens qu'il rencontrait ne l'effleurait ni même ne le regardait, mais ils se fondaient à droite et à gauche et le laissaient ainsi passer. Parfois, lorsqu'un groupe d'entre eux passait devant lui, il sentait leur odeur et cette odeur le rendait malade.

Ils étaient effrayés, ils se précipitaient, mais il pensait à ce grand homme Sir Christopher Wren, qui avait planifié la rue dans laquelle il marchait alors. Mais personne ne s'en souciait, personne ne l'avait construite, même si tous les plans étaient là, roulés et prêts. , et tout aussi bons aujourd'hui qu'ils l'étaient sous le règne du roi Charles II.

Il releva la tête et, dans le ciel, une traînée blanche se dessinait délibérément. C'était un avion qui écrivait des publicités. Il resta donc immobile au milieu de la foule pressée pour le regarder ; maintenant, il pouvait juste voir le petit avion comme un petit insecte brun. Lentement, dans le ciel, une longue ligne droite s'est dessinée, puis une boucle – ce devait sûrement être le chiffre 6. Et puis l' avion a cessé de rejeter de la fumée et est devenu presque invisible alors qu'il s'éloignait en gloussant dans le ciel.

Le chiffre gonfla et grandit et s'envola lentement quand tout à coup une autre traînée blanche apparut et l' avion dessinait autre chose. Mais en regardant, il se rendit compte qu'après tout c'était encore la même chose, un autre 6, et quand ce fut fait, l' avion monta de nouveau dans le ciel et tira un autre 6, mais déjà son premier travail fut annulé par le vent et dans pendant quelques instants , on ne voyait plus dans le ciel que quelques volutes de fumée.

Pendant une seconde ou deux, Cromartie se sentit balancer dans l'avion , qui s'éloignait en bourdonnant dans le ciel avant de retomber de côté comme une bécassine bêlant ; ce n'était qu'un instant, comme lorsque vous fermez les yeux et imaginez que vous pouvez sentir la terre tourner dans l'espace, puis Cromartie quittait le Strand pour se rendre à Trafalgar Square. Elle était vide et il regarda le monument Nelson avec émerveillement. Les grandes bêtes de Landseer posèrent leurs pattes à plat devant eux. Qu'est-ce que c'était, se demanda-t-il ? Des Lions ou des Léopards, ou peut-être des Ours ? Il ne pouvait pas le dire. Et soudain, il vit que sa main droite saignait et que ses doigts avaient disparu. Une grande foule était entrée sur la place ; les fontaines jouaient, le soleil brillait et il monta dans un omnibus écarlate. Mais très vite, il vit que les gens chuchotaient ensemble dans l'omnibus et qu'ils le regardaient tous, et il comprit que c'était parce qu'ils avaient vu sa main blessée. Il a porté son autre main à son front et il y avait du sang dessus également. Il avait alors peur des gens à bord du bus et il est donc sorti. Mais partout où il allait, les gens s'arrêtaient, le regardaient et murmuraient, et tandis qu'il marchait parmi eux , ils s'écartaient et se formaient en petits groupes et le regardaient pendant qu'il passait, et c'était parce qu'ils le connaissaient par les blessures sur sa tête. et sur sa main.

Ils marmonnaient tous et le regardaient avec haine, mais quelque chose les retenait, de sorte que, même si leurs yeux étaient comme des poignards acérés, ils n'étaient qu'un et tous avaient peur de pointer du doigt.

Il allait voter. Il voterait. Rien ne devrait l'arrêter. Enfin , il aperçut les deux entrées de la salle de vote souterraine avec Mesdames sur l'une et Messieurs sur l' autre, et il descendit. Mais lorsqu'il demanda au préposé sa carte d'électeur, l'homme prit un grand livre relié en peau d'agneau avec la laine restante, tourna plusieurs pages et les parcourut. Finalement, il dit : « Mais votre nom n'est pas écrit dans le Livre de Vie, M. Cromartie. Vous devez renoncer à votre secret, vous savez, si vous souhaitez être enregistré. En entendant cela, M. Cromartie se sentit malade et il remarqua l'odeur qui provenait de tous les autres électeurs dans leurs urnes ; il hésita, et enfin il dit :

"Mais si je ne dévoile pas mon secret , ne puis-je pas voter ?"

« Non, M. Cromartie. Personne ne peut voter s'il ne renonce pas à son secret, c'est ce qu'on appelle le secret du scrutin, mais il est hors de question que vous votiez, de toute façon... vous portez la marque de la Bête.»

Et M. Cromartie regarda sa main et toucha son front et vit qu'il portait effectivement la Marque de la Bête là où elle l'avait mordu, et il savait qu'il était un paria. C'était ce que tout le monde avait murmuré. Il ne voulait pas révéler son secret, c'est pourquoi il a été rejeté et détesté par l'humanité, car il les effrayait. Ils étaient tous pareils, ils n'avaient pas de secrets, mais il avait gardé les siens et maintenant la Bête avait posé sa Marque sur lui, et il paraissait terrible à tous, et lui-même avait peur. « La Bête m'a marqué », se dit-il. «Ça va me ronger petit à petit. Je ne peux pas m'échapper maintenant, et une chose est aussi mauvaise qu'une autre. Dans l'ensemble, je préférerais que la Bête me dévore lentement plutôt que d'abandonner autant, et la puanteur de mes semblables me dégoûte.

Et puis il entendit la Bête se déplacer avec agitation derrière une cloison ; il entendit le bruissement de la paille et la grande créature qui se léchait lentement partout ; puis son odeur, douce, chaude et horrible, l'engloutit, et il resta tout à fait immobile sur le sol de la cage, écoutant sa queue cogner, cogner, cogner sur le sol à côté de lui. La terreur ne pouvait aller plus loin, et enfin il ouvrit les yeux et comprit peu à peu que c'était son propre cœur qui battait et non la queue d'une bête, et que tout autour de lui il y avait des draps propres, des fleurs et une odeur d'iodoforme. Mais sa peur a duré la moitié de la journée.

Au bout de quinze jours, M. Cromartie fut déclaré hors de danger, mais il resta dans un état si faible pendant quelque temps après qu'il ne fut autorisé à recevoir aucune visite, de sorte que, bien que Joséphine vienne tous les jours, ce n'était que pour entendre les dernières nouvelles de la situation. comment il avait passé la nuit et laisser des fleurs pour la chambre du malade.

Dans les semaines suivantes, M. Cromartie se rétablit rapidement ; c'est-à-dire que, bien que nullement rétabli dans sa santé ordinaire, il put d'abord se lever pendant une heure au milieu de la journée, puis faire une petite promenade dans les jardins.

Les médecins qui le soignaient suggérèrent alors qu'un changement complet de décor serait bénéfique, et le conservateur, loin de mettre aucun obstacle à cela, incitait fréquemment le patient à passer un mois de vacances en Cornouailles. Mais en cela, il se heurta à un refus constant et obstiné, ou plutôt à une passivité et une non-résistance totales. M. Cromartie a refusé de prendre des vacances. Il a refusé de partir seul, tout en ajoutant qu'il était entièrement à la disposition du conservateur et prêt à se rendre dans n'importe quel endroit où il serait chargé d'un gardien. Après quelques jours, pendant lesquels le conservateur proposa d'abord un projet, puis un autre, le projet d'éloigner M. Cromartie fut abandonné. En premier lieu, il était difficile de se passer d'un gardien, ou même de trouver parmi le personnel un homme apte à accompagner M. Cromartie, et il était difficile de trouver un endroit convenable où les envoyer.

Mais la principale raison pour laquelle ces projets furent abandonnés fut l'attitude apathique, voire hostile, que les malades adoptèrent à leur égard, et le conservateur comprit que cette hostilité n'était peut-être pas sans raison.

Et en effet , il ne fait aucun doute que M. Cromartie pensait que s'il prenait un jour des vacances comme celles qui lui ont été suggérées, il lui serait beaucoup plus difficile de retourner en captivité à la fin de ces vacances, et il s'y opposa parce qu'il était résolu à ne pas retourner en captivité. échapper à ce qu'il considérait comme ses obligations.

Il fut donc décidé que M. Cromartie retournerait directement dans sa cage, bien qu'on lui ait fait comprendre qu'il ne serait pas attendu du public plus longtemps qu'il ne le souhaitait et qu'il devait s'allonger pour se reposer. sa chambre intérieure pendant deux ou trois heures chaque jour.

De cette façon, et en l'emmenant faire des promenades en voiture pendant quelques heures après la tombée de la nuit, on espérait qu'il pourrait retrouver sa santé habituelle et se débarrasser de cet état d'apathie qui semblait son symptôme le plus alarmant à ses yeux. les médecins qui l'ont soigné.

Mais avant de regagner son ancien appartement , Cromartie devait entendre du conservateur une nouvelle qui le préoccupait de très près, même s'il n'en comprenait pas d'abord toute la signification.

Le conservateur était si confus en communiquant cette information, si désolé, et occupa tellement de temps avec un préambule expliquant combien la Société Zoologique se sentait redevable envers lui, que M. Cromartie eut quelque difficulté à suivre ce qu'il disait, mais finalement il en comprit l'essentiel, et en résumé : l'expérience consistant à exposer un homme avait été un succès bien plus grand qu'aucun membre du Comité n'avait osé l'espérer ; un tel succès, en effet, qu'il avait décidé de lui donner suite en ayant un deuxième homme, un nègre. Elle l'avait effectivement engagé depuis deux ou trois jours, et ne l'avait installé que ce jour-là. L'intention du Comité était d'établir à terme une « maison d'hommes » qui devrait contenir des spécimens de toutes les différentes races de l'humanité, avec un Bushman, des insulaires des mers du Sud, etc., en costume indigène, mais une telle collection ne pourrait bien sûr que se former progressivement et selon l'occasion.

L'embarras du pauvre conservateur au moment où il faisait ces révélations était si extrême que Cromartie ne pouvait que penser au meilleur moyen de le remettre à son aise, et bien qu'il ait eu un moment de contrariété très net lorsqu'il a entendu parler du nègre, il l'a complètement supprimé.

Lorsque le conservateur fut persuadé que Cromartie ne lui en voulait pas, et bien plus, qu'il leur était parfaitement indifférent, sa joie et son soulagement furent aussi bouleversants que l'avaient été auparavant sa détresse et son embarras.

d'abord un grand soupir et s'épongea le front avec un grand mouchoir de soie ; puis, son honnête visage tout transformé de bonheur, il saisit Cromartie par la main, puis par le revers, et riait encore et encore en expliquant qu'il s'était opposé de toutes ses forces au projet parce qu'il était sûr que Cromartie ne l'aimerait pas . , et après avoir été rejeté, il n'avait pas su comment lui annoncer la nouvelle. Il jura qu'il n'avait pas dormi depuis deux nuits en y réfléchissant, mais maintenant qu'il apprenait que Cromartie approuvait réellement le plan, il se sentait un homme nouveau. « Je suis le plus grand imbécile du monde, dit-il ; « Mon imagination s'enfuit avec moi. Je pense toujours à la façon dont les autres vont être bouleversés, et puis il s'avère qu'ils n'en ont rien à foutre de toute cette affaire et je suis la seule personne à se sentir bouleversée... tout cela à cause de ça. de quelqu'un d'autre... Ha! Ha! Ha! C'est comme ça encore et encore avec ma femme. Cela m'arrive toujours. Eh bien, maintenant, je vais aller de l'avant avec le nouveau "Man-house", parce que, vous savez, c'est une sacrément bonne idée. J'ai ressenti cela tout le temps, mais je n'arrivais pas à me sortir de la tête que c'était injuste envers toi.

Mais M. Cromartie ne partageait pas son enthousiasme ; il se répétait simplement, comme il l'avait fait si souvent auparavant, qu'il avait l'intention de respecter sa part du contrat aussi longtemps que le Zoo conserverait la sienne, et qu'il n'y avait rien dans tout cela qui violait ou invalidait le contrat de quelque manière que ce soit. Mais lorsque M. Cromartie entra dans sa cage, il vit un homme noir dans la cage voisine – il brossait un chapeau melon noir – ce fut un grand choc pour M. Cromartie de se rendre compte que cet homme était le voisin dont le conservateur avait parlé . a parlé. Ce nègre était presque noir comme du charbon, un garçon jovial, vêtu d'une chemise rayée rose et verte, d'un costume couleur moutarde et de bottes en cuir verni. Lorsqu'il aperçut M. Cromartie , il se retourna aussitôt et, disant : « L'intéressant invalide est arrivé », se dirigea vers la cloison qui le séparait de Cromartie et lui dit : « Permettez-moi de vous souhaiter la bienvenue dans ce qui est aujourd'hui l'Homme. maison. Si je peux me présenter, Joe Tennison : je suis ravi de vous rencontrer, M. Cromartie, c'est un vrai plaisir d'avoir un homme à côté. Cromartie s'inclina avec raideur et dit « Bon après-midi » très maladroitement, mais le nègre n'était pas confus et s'appuya contre la cloison métallique qui les séparait de manière à ce qu'elle soit bombée.

"Ils vont nettoyer tous ces pauvres déchets maintenant", a-t-il déclaré en désignant le chimpanzé au-delà de Cromartie. « Il ne faut plus les garder avec nous, méchantes brutes jalouses ; mordez-vous les doigts s'ils vous attrapent.

Cromartie se tourna et regarda le chimpanzé ; cela lui avait toujours paru une bête assez pathétique, mais combien plus maintenant alors que son nouveau voisin Tennison en parlait ! Et ce n'était pas la première fois qu'il éprouvait une sympathie amicale pour le vilain petit singe. En fait, il aurait de loin préféré revoir le vieil Orang sauvage à sa place plutôt que d'avoir cet homme insupportablement verbeux patronnant les animaux près de lui.

Pour le moment, Cromartie était complètement désemparé et ne savait que répondre au flot de remarques de M. Tennison. Il n'avait rien dit du tout lorsqu'une minute ou deux plus tard, il fut soulagé par l'arrivée de Collins avec son Caracal, qui avait été renvoyé dans son ancienne cage de la maison des chats après les blessures de M. Cromartie.

Le plaisir de se retrouver à nouveau entre les deux amis était sans bornes et se manifestait chacun très fortement à sa manière. Car d'abord le Caracal s'approcha de Cromartie en trottinant d'une manière assez débonnaire, comme s'il était venu le renifler, puis il se mit à ronronner bruyamment et se frotta vingt fois contre les jambes de Cromartie en s'enroulant autour d'elles, et enfin il sauta droit. il s'est mis dans les bras de son ami, lui a léché le visage et ses cheveux et s'est recroquevillé un instant ou deux comme s'il voulait y dormir ; mais non, cela ne dura pas longtemps, car il sauta de nouveau. Puis il se mit à trotter autour de la cage, renifla dans les coins, sauta sur la table et s'assura que tout allait bien.

Lorsque Joe Tennison l'appela, le Caracal passa sans lui jeter un regard, et il en fut de même avec son ami, car lorsque Cromartie entendit le nègre commencer à lui parler, il se contenta de hocher la tête et entra dans sa chambre intérieure. Mais une fois sur place, M. Cromartie pensa que ce nègre devait être son compagnon et son voisin pendant quelques années, et qu'il ne suffirait jamais de le fuir chaque fois qu'il parlait. D'une manière ou d'une autre, il devait obliger Tennison à respecter sa vie privée sans en faire un ennemi, et à ce moment-là, M. Cromartie ne voyait aucun moyen d'y parvenir. Cependant, il prit un livre de poèmes de Waley traduits du chinois et retourna dans sa cage avec celui-ci à la main, puis s'assit et commença à lire.

Il vit dans des forêts épaisses, au milieu des collines,
ou dans des maisons situées dans les fentes de rochers pointus et escarpés ;
Sa nature est alerte et agile, son esprit est agile ;
Ses contorsions sont rapides,
adaptées à tous les besoins,
qu'il grimpe sur de hautes tiges d'arbres de cent pieds,

ou qu'il se balance sur l'épaule tremblante d'une longue branche.
Devant lui, les sombres ravins des ruisseaux insondables ;
Derrière, les creux silencieux des collines solitaires.
Les brindilles et les vrilles sont ses fauteuils à bascule,
Sur des barreaux de bois pourris il trébuche
Dans des endroits périlleux ; parfois, saut après saut,
Comme un éclair passe à travers les bois.
Parfois il déambule d'un air triste et abandonné ;
Puis soudain, il jette un coup d'oeil autour
de Beaming avec satisfaction. Il bondit,
saute et caracole, crie et détale sur son chemin.
Il grimpe sur les falaises, sur les rochers pointus,
Danse sur le schiste qui bouge ou sur les brindilles qui cassent,
S'écarte soudain et passe légèrement...
Oh, quelle langue pourrait démêler
Le récit de tous ses tours ? Hélas,
il partage un trait avec la tribu humaine ;
leurs douceurs sont douces,
leur amertume est leur amère. Du sucre de la cuve
De la lie des brasseurs qu'il aime souper.
Alors les hommes mettent du vin là où il va passer.
Comme il court vers le bol !
Avec quelle agilité il lèche et coule !
Maintenant il chancelle, se sent hébété et stupide,
les ténèbres lui tombent sur les yeux...
Il dort et ne sait plus.
Volez les trappeurs, attrapez-le par la crinière,
puis attachez-le à une ficelle ou à un ruban et ramenez-le chez lui ;
Attachez-le à l'écurie ou enfermez-le dans la cour ;
Où les visages toute la journée
Le regardent, bouche bée, haletent et ne s'en vont pas.

Joe Tennison est venu trois ou quatre fois pendant qu'il lisait et a entamé une conversation, mais Cromartie a ignoré ses remarques et n'a même pas levé la tête, mais a simplement continué à lire tranquillement.

Heureusement, un grand nombre de personnes étaient venues voir leur ancien favori , M. Cromartie, maintenant qu'il était de retour, et aussi pour jeter un coup d'œil au nouvel homme noir, dont on parlait presque autant qu'il y en avait jamais eu à propos de Cromartie. lui-même.

La présence du public a été une chance pour deux raisons ; premièrement, cela a servi à distraire Joe Tennison en lui donnant ce qu'il désirait le plus dans la vie : un public ; et deuxièmement, M. Cromartie a pu, en ignorant totalement les spectateurs, lui montrer que telle était sa manière habituelle de se conduire. Il n'y avait donc aucune raison pour que le nègre se sente insulté en étant traité comme s'il n'existait pas. Et ici, je dois expliquer que M. Cromartie n'avait aucune objection à ce que son voisin soit nègre, et aucun préjugé particulier contre les personnes de cette couleur . M. Tennison était en effet le premier nègre à qui il avait parlé. En même temps, cet individu suscitait un fort sentiment d'aversion, et cette aversion ne cessait de croître avec le temps.

Le lendemain, M. Cromartie trouva Joséphine Lackett qui l'attendait lorsqu'il entra pour la première fois dans sa cage après le petit-déjeuner. Elle se tenait à quelque distance et regardait par la porte de la Maison des singes (pour lui donner son ancien nom), et Cromartie l'appela avant de réfléchir à ce qu'il faisait : « Joséphine ! Joséphine ! Que faites vous ici?"

Elle se retourna et s'approcha de lui, et sa vue affecta tellement M. Cromartie que pendant quelque temps il n'osa plus parler, et quand il le fit, ce fut plus tendrement qu'il ne l'avait fait depuis sa captivité. Mais Joséphine, de son côté, ne put s'habituer pendant un certain temps à la présence de M. Tennison, qui était assis sur une chaise longue à quelques pieds d'eux et ne cessait de mettre ses lunettes à monture dorée dans ses yeux pour la regarder, et puis le laissant tomber, comme s'il n'en avait pas tout à fait appris le truc, ce qui était bien le cas, puisqu'il ne l'avait acheté qu'une semaine auparavant.

Pendant quelque temps, Joséphine se retrouva sans rien dire à part féliciter John pour son rétablissement et lui dire combien elle était heureuse qu'il se porte à nouveau bien. Puis elle le remercia de l'avoir appelée et de l'avoir laissée lui parler.

« Ne vous comportez pas comme une oie, Joséphine », dit John Cromartie. Puis, devinant pourquoi elle était gênée, il dit : « Ma chère Joséphine, ignorez-le comme moi.

Mais Joséphine ne parla pas, et à ce moment-là entra le Caracal, qui venait de terminer sa toilette matinale.

«J'ai rendu plusieurs visites à ton chat pendant que tu étais malade», dit Joséphine. « Il semblait très malheureux et ne me prêtait pas beaucoup attention. Je pense qu'il est plutôt timide envers les femmes et qu'il n'y est pas habitué.

M. Cromartie hocha la tête. Il était content que Joséphine soit allée voir le Caracal, mais il savait qu'elle avait perdu son temps ; il ne se souciait pas des gens qui venaient regarder sa cage de l'extérieur. Soudain, il entendit Joséphine dire : «John, je dois te voir en privé. Je dois te parler, parce que je ne peux pas continuer ainsi. Vous ne pouvez plus continuer à vous soustraire aux choses.»

"Que veux-tu dire?"

« Je veux dire que vous devez reconnaître que nous sommes liés les uns aux autres. *Ce que vous décidez de faire* ne me dérange pas , mais vous devez faire quelque chose. Je ne peux plus continuer à vivre ainsi. S'il vous plaît, arrangez-vous d'une manière ou d'une autre pour que nous puissions nous voir et en discuter.

C'était maintenant Cromartie qui était embarrassé et timide ; Cromartie qui ne pouvait pas parler simplement de ce qu'il ressentait, du moins pas pendant un temps considérable. Mais finalement, il a émis quelques remarques sans suite, disant qu'il était vraiment désolé mais qu'il ne pouvait alors rien faire et qu'il n'était pas un agent libre. Mais à la fin , il reprit confiance et regarda Joséphine droit dans les yeux et dit : « Ma chérie, il est tout à fait inévitable que nous soyons malheureux tous les deux. Je t'aime, si tu veux que je le dise ainsi. Je ne pourrai jamais t'oublier, et maintenant tu sembles ressentir la même chose pour moi, et toi aussi tu dois t'attendre à être très malheureux. J'espère seulement que tes sentiments pour moi s'atténueront. J'ose dire que ce sera le cas avec le temps, et j'espère que mes sentiments pour vous le seront également. En attendant, nous devons essayer de nous résigner.»

"Je ne suis pas résignée", a déclaré Joséphine. "Je vais devenir sauvage à ce sujet, ou devenir fou ou quelque chose comme ça."

"C'est la plus grande erreur de notre part que de s'exciter les uns les autres", dit Cromartie assez grossièrement. « C'est la pire chose que nous puissions faire, la chose la plus méchante . Non, la seule chose que tu dois faire est de m'oublier, le seul espoir pour moi est de t'oublier.

"C'est impossible; c'est pire quand on ne se voit pas », dit Joséphine.

À ce moment-là, ils se rendirent compte que plusieurs personnes étaient entrées dans la maison des singes et hésitaient à interrompre leur conversation.

« C'est une mauvaise affaire, dit Cromartie, une foutue mauvaise affaire, et à ces mots Joséphine s'en alla. Il s'est détourné et s'est assis, mais un instant plus tard, il a entendu un fort « Excusez-moi, Sah. Excusez une intrusion, mais je crois, Sah, que le prénom de votre jeune amie est Joséphine. C'est une coïncidence remarquable ! car mon propre nom, vous le savez, est Joseph. Joseph et Joséphine.

Si, en entendant cette remarque, M. Cromartie encouragea Tennison à continuer, ce fut tout à fait accidentel. À ce moment-là, il se sentait faible et, grâce à un effort de volonté, il restait debout sans s'agripper aux barreaux.

"Es-tu intéressé par les filles?" demanda le nègre. "Ils viennent me surveiller toute la matinée, et ils me regardent tellement... lui, lui, lui."

"Non, je ne suis pas intéressé", a déclaré M. Cromartie. Personne n'aurait pu se méprendre sur la sincérité désespérée de sa voix.

"Je suis heureux d'entendre cela", a déclaré Tennison, immédiatement revenu à son ancienne cordialité et à son entrain.

« C'est ce que je ressens moi-même, exactement ce que je ressens. Je n'ai aucun intérêt pour les femmes. Seulement, ma pauvre vieille maman, ma vieille maman noire, elle était la meilleure, la meilleure qu'elle était. Une mère est la meilleure amie que vous ayez dans la vie, la meilleure amie que vous puissiez vous faire. Ma mère était ignorante, elle ne savait pas lire, ni écrire, mais elle connaissait presque toute la Bible par cœur, et j'ai appris le Salut pour la première fois par les lèvres de ma mère. Quand j'avais cinq ans, elle m'a appris les Saintes Paroles de Gloire et je les ai répétées texte après texte. Elle était la meilleure amie que j'aurai jamais.

« Mais les autres femmes… non, monsieur. Je n'en ai aucune utilité. Ils ne sont qu'une tentation dans la vie d'un homme, une tentation de lui faire oublier sa véritable virilité. Et le pire, c'est que plus vous les évitez, plus ils vous courent après. C'est un fait.

"Non, je suis beaucoup plus en sécurité et mieux ici, enfermé à vos côtés, avec ce grillage et ces barreaux pour isoler les femmes, et je suppose que vous ressentez la même chose que moi. N'est-ce pas, M. Cromartie ? Cromartie leva soudain les yeux et vit la personne qui s'adressait à lui.

"Qui es-tu?" » a-t-il demandé, puis, l'air plutôt sauvage, il est sorti de sa cage pour se rendre dans son arrière-boutique, où il s'est allongé, très épuisé.

Il était encore très faible à cause de sa maladie et l'atmosphère fermée de la Maison des singes lui donnait mal à la tête. À chaque instant, il lui fallait désormais se maîtriser, et cela lui était de plus en plus épuisant. Très souvent, il faisait ce qu'il faisait à cette occasion, c'était-à-dire se coucher pour se reposer dans son arrière-boutique, puis fondre en larmes, sans aucune retenue, et bien qu'il se moque ensuite de lui-même, le fait de pleurer le réconfortait, même si cela le laissait plus faible qu'avant et plus enclin à pleurer à nouveau.

Mais les ennuis et les ennuis du monde extérieur signifiaient alors très peu pour M. Cromartie. Il ne pouvait s'empêcher de penser tout le temps à Joséphine.

Depuis si longtemps il avait cru qu'il y avait tant d'obstacles insurmontables qui les empêcheraient d'être jamais heureux ensemble, que le fait supplémentaire d'être enfermé au Zoo était pour lui un soulagement. Mais maintenant qu'il se sentait si faible, c'était une tension supplémentaire, et surtout maintenant qu'il commençait à se demander si Joséphine et lui ne pourraient pas être heureux ensemble pendant un petit moment.

Il savait encore qu'ils étaient trop fiers pour se supporter très longtemps, mais ne pourraient-ils pas avoir une semaine ou un mois ou même une année de bonheur ensemble ?

Peut-être que oui, mais de toute façon, ce n'était pas possible, et le voici enfermé dans une cage, avec un nègre qui l'attendait dehors pour lui raconter des conneries dégoûtantes et épuiser sa patience.

Mais en réalité, lorsque Cromartie se ressaisit et sortit dans sa cage, Joe Tennison ne s'adressa pas à lui, c'est-à-dire pas directement. Mais il était aussi ennuyeux qu'avant, mais maintenant c'était différent.

Lorsque Cromartie s'était installé et avait lu depuis un moment, il n'y eut aucun visiteur pendant deux ou trois minutes, puis il entendit le nègre se parler tout seul tandis qu'il regardait dans sa direction.

"Pauvre gars! Pauvre jeune homme ! Les femmes font du foin avec un homme, elles le font. J'ai tout vécu... Je sais tout... Oh, mon Dieu, oui. Amour! L'amour est le diable lui-même. Et ce pauvre jeune homme est certainement amoureux. Personne ne peut lui remonter le moral. Personne ne peut rien faire à part elle qui a causé des problèmes dans son cœur. Je ne peux plus rien faire pour lui maintenant, à part faire semblant de ne rien remarquer, comme je le fais toujours. À ce stade, l'orateur fut distrait par l'arrivée d'un groupe de visiteurs qui s'arrêtèrent devant sa cage, mais par la suite M. Cromartie adopta envers le nègre la même méthode qu'il avait toujours adoptée envers le public. C'est-à-dire qu'il ignorait son existence et s'arrangeait pour ne jamais croiser son regard, et ne prêtait jamais la moindre attention à ce qu'il disait.

Le lendemain matin, tandis que Cromartie jouait avec son Caracal, avec un ballon, comme il avait l'habitude de le faire avant que les Orangs n'en profitent, il entendit la voix de Joséphine qui l'appelait.

Il lança la balle à son ami le chat bondissant à glands , et alla droit vers elle, et sans attendre aucune salutation, elle lui dit :

«John, je t'aime et je dois te voir seul tout de suite. Je dois entrer dans ta cage et t'y parler.

"Non, Joséphine, non, ce n'est pas possible", dit Cromartie. "Je ne peux même pas continuer à te voir comme ça, et tu vois sûrement que si tu venais dans ma cage , je ne pourrais pas le supporter après ton départ."

«Mais je ne veux pas partir», dit Joséphine.

"Si jamais vous deviez entrer dans ma cage, vous devrez y rester pour toujours ", a déclaré Cromartie. Il s'était rétabli maintenant, son moment de faiblesse était passé. « Et si vous ne décidez pas de le faire, je ne pense pas que nous puissions continuer à nous voir du tout. Je pense que je vais mourir si je te vois comme ça. Nous ne pourrons jamais être heureux ensemble.

"Eh bien, nous ferions mieux d'être malheureux ensemble que malheureux séparément", dit Joséphine. Elle s'était soudainement mise à pleurer.

« Ma créature chérie, dit Cromartie, tout cela n'est qu'une stupide erreur ; mais nous arrangerons les choses d'une manière ou d'une autre. Je demanderai au conservateur de vous mettre dans la cage à côté de moi à la place de ce foutu nègre, et nous nous reverrons tout le temps.

Joséphine secoua vigoureusement la tête pour essuyer les larmes de ses yeux, comme un chien qui nage.

« Non, ça ne va pas, » déclara-t-elle avec colère, « ça ne va pas du tout. Il faut que ce soit la même cage que la tienne, sinon je ne vivrai pas du tout dans une cage. Je ne suis pas venu ici pour vivre seul dans une cage. Je partagerai le vôtre et je serai damné pour tout le monde.

Elle eut un rire furieux et secoua ses cheveux jaunes en arrière. Ses yeux brillaient de larmes, mais elle regardait Cromartie fixement. « Au diable les autres », répéta-t-elle ; «Je ne me soucie de personne au monde à part toi, John, et si nous devons être mis en cage et persécutés, nous devons simplement le supporter. Je les déteste tous et je serai heureux avec toi malgré eux. Personne ne peut me faire honte maintenant. Je ne peux pas m'empêcher d'être moi-même et je serai moi-même.

« Chérie, dit Cromartie, tu serais misérable ici. C'est affreux; il ne faut pas y penser. J'ai un plan beaucoup plus sensé. Je ne peux pas leur demander de me laisser partir. De toute façon, je ne ferai pas ça. Mais je suis encore si faible que je peux facilement me rendre à nouveau très malade, et alors je pense qu'ils me laisseront partir et que nous pourrons nous marier.

"Cela ne suffira pas", dit Joséphine. « Nous ne pouvons plus attendre, et tu mourrais si tu essayais ça. Il n'y avait rien dans le contrat qui vous interdisait de vous marier lorsque vous êtes arrivée ici, n'est-ce pas ? elle a demandé. "Tu n'as qu'à leur dire que tu vas te marier aujourd'hui et que ta femme est prête à vivre dans ta cage."

Au cours de cette conversation, plusieurs personnes étaient entrées dans la maison des singes, et après avoir regardé Joséphine d'une manière très scandalisée , elles étaient ressorties, mais maintenant Collins entra. Il parut plutôt perplexe et maladroit quand il vit Joséphine, mais elle se tourna vers lui. tout de suite et dit :

"M. Cromartie et moi souhaitons voir le conservateur ; Voudriez-vous s'il vous plaît le trouver et lui demander de venir ici ?

«Très bien», dit Collins; puis apercevant Joe Tennison regardant Cromartie et la dame à une distance de trois pieds, avec ses globes oculaires jaunes sortant presque de son visage enfumé, il lui ordonna sévèrement d'aller dans l'arrière-salle de sa cage.

« Oh, je peux vous dire quelque chose, je peux vous dire ce que vous ne croiriez jamais », s'écria Joe, mais Collins le pointa silencieusement du doigt, et le nègre se leva d'un bond et se retira lentement dans ses propres quartiers.

Dix minutes plus tard, le conservateur entra.

"Venez au fond où nous pourrons parler plus facilement, Miss Lackett ", dit-il. Puis il déverrouilla la porte de la cage intérieure ou de la tanière et Joséphine entra. Ils s'assirent.

« J'ai demandé à Miss Lackett de m'épouser et j'ai été acceptée », dit Cromartie avec un peu de raideur. « J'avais hâte de vous le dire tout de suite, afin de prendre des dispositions concernant la cérémonie, que nous souhaitons bien entendu se dérouler de la manière la plus privée possible, et immédiatement. Après notre mariage, ma femme est prête à vivre avec moi dans cette cage, à moins bien sûr que vous ne nous arrangeiez pour que nous ayons un autre logement.

Le conservateur éclata soudain d'un rire bruyant, bon enfant et chaleureux. Pour Cromartie, cela semblait une brutalité, pour Joséphine une menace. Ils fronçaient tous les deux les sourcils et se rapprochaient légèrement en attendant le pire.

« Je dois vous expliquer, commença le conservateur, que le comité a déjà réfléchi à ce qu'il faudrait faire dans le cas où une telle éventualité se produirait.

« Il nous est impossible, pour diverses raisons, de garder des couples mariés dans la Man-house, et nous avons décidé que si vous parliez de mariage, M. Cromartie, nous devrions considérer notre contrat avec vous comme terminé. En d'autres termes, vous êtes libre de partir, et en fait, je vais maintenant vous expulser.

En prononçant ces mots, le conservateur se leva et ouvrit la porte. Un instant, l'heureux couple hésita ; ils se regardèrent puis sortirent ensemble de la cage, mais Joséphine garda son homme dans ses bras pendant qu'ils le faisaient. Le conservateur a claqué la porte et l'a verrouillée sur le Caracal oublié, puis a dit :

« Cromartie, je vous félicite bien chaleureusement ; et ma chère Miss Lackett , vous avez choisi un homme pour lequel nous avons tous ici le plus grand respect et la plus grande admiration. J'espère que vous serez heureux avec lui.

Main dans la main, Joséphine et John se précipitèrent à travers les jardins. Ils ne s'arrêtèrent pas pour observer les chiens, les renards, les loups ou les tigres, ils coururent devant la maison des lions et les étables et, sans jeter un coup d'œil aux faisans ou à un paon solitaire, se glissèrent par le tourniquet dans Regent's Park. Là, toujours main dans la main, ils passèrent inaperçus dans la foule. Personne ne les regardait, personne ne les reconnaissait . La foule était principalement composée de couples comme eux.

LA FIN